法兰西现代短篇集

（法）让·季奥诺 等 著　戴望舒 译

当代世界出版社

图书在版编目（CIP）数据

法兰西现代短篇集／（法）季奥诺等著；戴望舒译 . —北京：当代世界出版社，2015.2
ISBN 978-7-5090-1021-1

Ⅰ.①法… Ⅱ.①季… ②戴… Ⅲ.①短篇小说－小说集－法国－现代 Ⅳ.①I565.45

中国版本图书馆 CIP 数据核字（2015）第 022962 号

书　　名：	法兰西现代短篇集
出版发行：	当代世界出版社
地　　址：	北京市复兴路 4 号（100860）
网　　址：	http：//www.worldpress.com.cn
编务电话：	（010）83908456
发行电话：	（010）83908409
	（010）83908377
	（010）83908455
	（010）83908423（邮购）
	（010）83908410（传真）
经　　销：	全国新华书店
印　　刷：	北京市玖仁伟业印刷有限公司
开　　本：	880 毫米×1230 毫米　1/32
印　　张：	8
字　　数：	152 千字
版　　次：	2015 年 9 月第 1 版
印　　次：	2015 年 9 月第 1 次
书　　号：	978-7-5090-1021-1
定　　价：	35.00 元

出版总序

民国时期是中国从近代社会向现代社会转型蜕变的一个重要历史阶段。这个时期，政治风云变幻，思想文化激荡，内忧外患迭起。国家政治、经济、文化等均发生了翻天覆地的变化。新与旧、中与西、自由与专制、激进与保守、发展与停滞、侵略与反侵略，各种社会潮流在此期间汇聚碰撞，形成了变化万千的特殊历史景观。民国时期所出版的文献则是这一历史时期的全景式纪录，全面展现了民国时期波澜壮阔的历史画卷；精彩呈现了风云变幻的历史格局；生动描绘了西学东渐，学术思想百家争鸣的繁荣局面；真实叙述了中华民族抵御外族入侵，走向民族独立的斗争历程。因此，民国文献具有极其珍贵的历史文物性、学术资料性及艺术代表性。

民国时期是我国近代出版业萌芽和飞速发展的一个时期，规模层次各不相同的出版机构鳞次栉比，难以胜数。既有商务印书馆、中华书局、开明书店、世界书局、大东书局等这样著名的出版机构，亦有在出版史上昙花一现、出版物硕果仅存的小书局。对于民国时期出版物的总量，目前还没有非常精确的统计。国家图书馆在 20 世纪 90 年代，联合上海图书馆、重庆图书馆，以三馆馆藏为基础整理出版了《民国时期总书目》，收录中文图书 124040 种。据有关学者调查统计，这一数量大约为民国时期图书总出版量的九成。如果从学科内容区分，人文社会科学方面的出版物在数量上占绝对优势。

国家图书馆是国内外重要的民国文献收藏机构，馆藏宏富，并且作为国内图书馆界的领头羊，一向重视民国文献的保存保护。由于民国文献所用纸张极易酸化、老化，绝大多数已存在不同程度的损毁，难堪翻阅。为保存保护民国文献，不使我们传承出现文献上的断层，也为更多读者能够从不同角度阅读利用到民国文献，2011 年，国家图书馆联合国内文献收藏单位，策划了"民国时期文献保护计划"项目。随着项目的展开，国家图书馆在文献普查、海外文献征集、整理出版等各方面工作逐步取得了重要成果。

典藏阅览部作为国家图书馆内肩负民国文献典藏管理职责的部门，近年来在多个层面加大了对于民国文献的保存保护力度，组建了专门的团队，对民国文献进行保护性的整理开发，先后出版了《民国时期连环图画总目》《国家图书馆藏民国时期毛边书举要》《民国时期著名图书馆馆刊荟萃》等。

然而，民国时期出版物种类繁多，内容丰富。就国家图书馆馆藏而言，从早期的中译本《共产党宣言》到我国的第一本毛边本《域外小说集》，从大批的政府公报到名家译作，涵盖之广，其所具备的艺术价值、史料价值，亦足令人惊叹。相较之下，我们的整理工作方才起步。为不使这些闪烁着大家智识之光的思想结晶空自蒙尘，为使更广大的读者能够从中汲取养料，我们会陆续择其精者，将其重新排印出版，希望读者能够喜欢。

国家图书馆

2014 年 9 月

目　录

怜悯的寂寞

让·季奥诺

　　他们靠在驿站的小门上坐着。他们不知道怎么办，望着那辆破旧的公共马车，然后又望着那条被雨所淋得很油润的路。冬天的下午是在那边，在白色而平坦的泥泞中，像一件从晒衣架上掉下来的衣衫一样。

　　这两人之中的肥胖的那一个站了起来。他在他的毛绒的大裤子的两边摸索着，接着他又用手指挖着那个裤子上的小小的口袋。赶车的已爬到了座位上去。他已经用舌头做了一个响声，而那几匹马也已经把耳朵竖起来了。那男子喊着："等一等。"接着他对他的伴侣说："来。"于是那伴侣便走了过去。他是很瘦的，穿着一件太大的破烂的牧人穿的厚外套，便显得晃里晃荡了。项颈从粗糙的毛织物间露出来，只有皮和骨，像一条铁筋一样。

　　"上哪儿去？"肥胖的那个问。

　　"上镇上去。"

　　"要多少钱？"

"十个铜子儿。"

"上去吧。"肥胖的那个说。

他弯身下去，分开了厚外套的下摆，把那另一个人的腿一直提高到踏脚板上：

"上去吧，"他对他说，"使点劲儿，老哥。"

应该让那位姑娘来得及拾起她的纸盒子挤上车来。她生着一个线条很粗的全白色的好鼻子，她知道别人在看她的涂着粉的鼻子，于是她好像带着一种刁恶的神气似的，老是有点侧目而视着，为了这个缘故，肥胖的那个对她说："对不起，小姐。"在前面，有一位又肥又软的太太，穿着一件领口和袖口上都有皮毛的大衣。一个出店司务把自己的身体紧贴着那位太太，为了使他的肘子可以格外接近地碰到她的乳房的下部，他叉开了胳膊，把他的拇指放在他的背心的袖口里。

"靠在那边。"肥胖的那个耸着肩说。

另一个便倾倒了头休息着。

他有一双像死水一样沉寂的美丽的青色的眼睛。

马车很慢地走着，因为正在上一个斜坡。青色的眼睛伴送着树木的移动。不停地，好像数着它们一样。接着，马车穿过一片平坦的田野，于是在玻璃窗上，除了那到处都是一般无二的灰色的天空外，便什么也没有了。目光像一个钉子似的凝止着。它盯住在那个肥胖的太太身上，但是这目光却有横睨的神气，望着更远的地方，很悲哀，好像一头绵羊的目光。

那太太拉紧了她的毛皮的领口。那出店司务摸了一摸自己的裤子的前部，看看裤纽是否扣好着。那小姐拉着她自己的裙子，好像要把它拉长些似的。

那目光老是盯住在一个地方。它在那里撕裂，它在那里像一个刺似的蕴脓。

那太太用她的手套的皮拭着她的嘴唇。她拭干了她的耀着柔润的涎沫的嘴唇。那出店司务又摸了一摸他的裤子的前部，接着他便模仿着一个有痉挛病的人，伸直他的弯曲着的胳膊。他试想凝看对面的那两道死水一样的目光，但是他终于垂倒了眼睛，然后又把手按着他的胸口。皮夹子是好好地在那儿，然而他依然还把它横摸竖摸个不止。

一片阴影充塞在马车里。小镇用它的两只长满了癣疥的房屋的手臂，接待着驿站的林荫路。它一边献出一家"商业花园旅馆"，一边献出三家妒忌而含酸味的杂食铺。

教士先生把烟斗的灰挖在献礼盆中，烟灰缸是在那边祷告台的搁板上。他把他的刚抽过烟的烟斗放在匣子里。现在，他是要来把那几期修道夜课按照街路和屋子分开来，以便去分送给订户。缺了三本。他把那些杂志捧起，一份十字架报摊露了出来。最后，那三本杂志在那里了，压在他的弟弟刚才拿来给他的那包猪肝的下面。"真不小心……"一个书面弄脏了。他把那本杂志拿到窗口的灰色的光线中去，看看这油迹看不看得出，如果斜看，那是看得出的……那时只有把它拿给像灯店里的布雷太太那样的人了。她是不会仔细看的，她的手指上老是沾着煤油，她会以为这是她自己弄脏的。

在那边，在地板上，还有一块粪土，也是阿道尔夫带进来的。那是牲口房里的粪土，有着一个脚踵的印迹。教士先生站了起来，他用鞋尖儿轻轻地把它踢到火炉边去。

"玛尔特，有人在打门。"

"什么？"玛尔特推开了厨房的门问。

"我说有人在打门。"

在那女仆的身上，围裙的细带子把她的大乳房和肚子划分着。

"还有人来。先生，你也可以去看一看啊。我生着这两只腿……我的气肿……老是走上，走下……你总有一天会看见我的结果的。"

又打了一次门。

"你去瞧一瞧吧。如果没有什么了不得的事，你就在下边办了。这样的天气，上来的人们会把我到处都弄脏的。"

她的脸上沾满了油。

"这是在安放肥肉的时候沾上的，"她说，"食橱是太高了。一块肥肉溜了下来，我用脸儿接住了它。"

"来了。"教士在甬道中喊着。

接着他拉开了门闩，开了门。

"先生，您好！"肥胖的那个说。

生着青色的眼睛的那个瘦子是在后面，在他的外套里发抖。

"我们不能给钱。"教士看见他们的时候说。

那胖子除了帽子。那瘦子举起了手，目光直盯住教士。

"您难道没有什么小工作吗？"那胖子说。

"工作？"

于是牧师便显着思索的神气，同时，他轻轻地推上了门。

"工作。"

他把门开大了。

"进来。"他说。

那个已经把帽子戴上了的胖子，这时又急急地把帽子除下了。

"多谢您，教士先生，多谢您。"

于是他在刮泥板上刮去了他鞋上的泥，虽则门很高，他也微微地弯着他的背脊走了进来。

另一个一句话也不说，他走了进来，身子是高高的，脚很脏。他用他青色的、冷漠而悲哀的眼睛，望着那教士的一举一动。

人们走进了一道可以通车马的甬道，因为教士的住宅是一所从前的乡下大地主的屋子。接着是一个方院子。在这个院子里，有两座楼梯，像院子一样方的大梯级跃升到上面去。

"在这儿等着我。"教士看着那两双肮脏的脚想起来说。

他上楼去。

那胖子默默地微笑了一下。

"你瞧，行了，"他说，"我们已花了二十个铜子儿了……"

"玛尔特……"教士在走进去的时候说，接着又立刻说："你在那儿干什么？"

那是热腾腾地放在白木桌上的一盆菜，猪脏和一块块像花一样的紫色的肝，一球球的胸腺，都一起发着爆裂的声音。

"一盆'杂烩'。"玛尔特说。

于是她开始斟出一缕有葡萄蔓香味的浓酒来。沸油的声音静下去了。

"这是今天晚上吃的吗？"教士问。

"是的。"

"对我说，玛尔特，你知道我在想什么？我们趁机会修好抽水唧筒的水管好吗？"

"那是非得下井去不可的。"那斟着酒的玛尔特说。

"是呀。"教士说。

她一句话也不说，接着她一下子把那长颈酒瓶拿直了。她把那盆菜拿到火炉上去。

"那么你呢，你找到下井去的人吗？那铅管匠说的什么，你是知道的。他不愿意送了自己的性命。那是一口古井，而且又是在这种时候，你找到了人吗？……"

"听着，下面有两个人，他们要求做一点工作。这好像是等钱用的人。"

"那么，应该利用一下啊，"玛尔特说，"因为，你是知道的，那个铅管匠，他已对我说过了，他绝不肯下井去。如果他们等钱用，那么我们应该利用他们。"

"就是这么一回事，"那教士说，"我们有一个抽水唧筒，铅管是贴着井壁扣住着的。有几个铁扣准已经松脱了。我们可以说铅管是脱开了，于是它便悬空了。它这样地完全由上面的铰杆牵着，一不小心便会完全脱落了。我有着结实的铁扣。只是要有人下井去……"

"你的井深吗？"那胖子问。

"不，"教士说，"不，呃，总不会很深的，你知道，这是一口家井，最多十五或二十米深吧。"

"远吗？"

"不，就在这儿。"

教士向院子的一边走过去，那胖子跟在后面，而另一个也曳着他的大外套跟在后面。墙上有一扇小门，门下面有一个被水所腐蚀了的古旧的石水漕。他开了那扇小门，门枢轧轧地响着，有两三片锈铁堕下在地上。

"在这里，你瞧。"

那口井发着一种夜间的树木和深水的辛辣的气味。那里有一种脱落而下坠的石井的"格鲁"声。那不敢走上前去的牧师弯着身子，臀部向后退着，我们可以听到他的足套在他的鞋子里痉挛着。

"就是这个，你瞧。"

他显着一种抱歉的神气。

"你们既然有两个人……"他说。

那胖子于是望了望他的伴侣。他站在那里，老是在他的大外套里摇摆着。我们看不见他的脸儿，只看见一双眼睛，一双老是凝视着教士的黑色的法衣的青色的冷漠的眼睛。但是那双眼睛却是横看着，向远处看着的，灵魂是十分的悲哀。

他战栗着，苦苦地一大口一大口地咽下他的涎沫。

"好，教士先生，"那胖子说，"这可以弄得好，只有我一个人，但这可以弄得好。"

玛尔特在走廊上现身出来了。

"教士先生，音乐课的时间快到了。"

正在这个时候，有人在打门。他去开门，那是一个穿着一身美丽的羊毛外套的金发的孩子。

"上楼去，雷奈少爷，"教士说，"我就上来了。"

他回到那两个人身边去。

"墙或许有点不大牢了。"他说。

"你到那边去，老哥。"那胖子说。

在院子的尽头，有一扇门。人们听见门后面有兔子跑着叫着。

"你到那边去，坐下来。你不冷吗，不太冷吗？"

接着他便在他旁边坐下来，开始解掉他的鞋带。

"我还是赤脚好。可以用趾爪攀住……"

接着他解开了他的大裤子的纽扣，脱下了裤子。

"这样腿可以灵活一点，而且这裤子又是很重的。把它遮在你身上，这会使你暖和一些。"

井里吐出来的气在院子的冷空气中冒着烟。

"如果我有什么事，我会喊的。"他在跨过井圈的时候说。

他还用手攀着井圈，我们还可以看见他的头。他向下面的暗黑处望着。我们可以看出他正在摸索他的踏脚的地方。

"我看见洞了，老兄，行了。"

他便下去了。

人们听到一片风琴的声音。一缕三个三个地连在一起的向上升的音调的弧线，那音调似乎一个蛇头的摆动一直投射到天上去。

这是教士先生颇熟练地奏出来的音乐，接着，在沉默了一会儿之后，那便是由雷奈少爷的拙劣的手所重奏的了。

阳光暗淡了下去。

在二层楼的木制的走廊上，有一排仙人掌的花盆和一个种着一丛紫罗兰的花盆。那人望着花。夜像泉水一样流到院子里来。不久，花已看不见了。夜一直升到三层楼上去。

那人站了起来。他走到井边去，用手摸索着井口。他弯身下去。在下边，似乎可以听到一种刮东西的声音。

“唅。”他喊着。

“唅。”另一个人在下面回答。

这回答过了一会儿，才升了上来，好像被闷住了似的。

“攀住了呀。”那人说。

“是。”那声音回答。接着这声音又问："你呢，你在上面好吗？"

正在玛尔特手里拿着一盏灯开了门在走廊上现身出来的时候，那人又回到老地方坐了下来。

“这样你看见了吗，雷奈少爷？”

“把门带上了。”

那金发的孩子带上了门。玛尔特望着院子。

“我想他们大概已经走了。”她说。

那胖子在黑暗中走着。我们可以听见他的泥泞的脚在冷冷的石板上发着响声。

“你在那里吗？”他问。

“在这里。”

“把我的裤子递给我。已经弄好了。”

“天气好冷。”他穿上了裤子的时候又说。

除了在二层楼上传下来的油煎物的爆炸声以外，屋子里是完全静悄悄的。

他喊着：

“教士先生。”

油煎声掩住了他的声音。他喊着：

"教士先生。"

"什么？"玛尔特问。

"修好了。"那人说。

"什么？"玛尔特又问。

"抽水唧筒。"

"啊！好，我来瞧。"

她走到厨房里去，抽了一下水，水流了出来。教士先生在油煎声中的火炉边看书。

"水流了。"她说。

他几乎连眼睛也不抬一抬起来。

"好，去付钱给他们。"

"给他们多少钱？总之这是很快就修好了的。"

"……把门关紧了……"

但是她却跟在他们后面，看他们走了出去，然后把门关紧了，加上了门闩。

一阵又急又冷的雨落了下来。

在街灯之下，那人摊开他的手来。那是十个铜子儿。青色的眼睛望着这几个铜子和那只满是擦伤和泥污的手。

"我把你弄累了，"他说，"我这个生病的人，我像一根链条似的拖累着你。你累了，别管我了吧。"

"不，"那胖子说，"来吧。"

* * *

让·季奥诺（Jean Giono）生于一八九五年，是法国现代文坛中的民众小说家之一。他的父亲是一个皮鞋匠，他从小就生活在民众中，他是从民众间生长起来的。不像那些以民众主义标榜，而实际上却一点不了解民众生活的人们一样，他是法国民众文学的真正的代表者。

他的小说的题材，大都是从民众生活中来的。因为他是法国南部的人，所以他的小说尤以描写法国南部的乡土生活为多。使他成名的，是他的三部曲：《山冈》（Colline）、《一个博莫尼人》（Un de Baumugnes）和《再生草》（Regain）。

他的作风是十分地新鲜，他的想象和譬喻都是他所独有的。他有时使用着粗俗的话，但这不但不损坏了他文字的美丽，却反而使它添了一重爱娇。他的整个作品，都是充满了极深切的诗情的。把深切的诗情和粗俗的民众生活联在一起，而使人感到一种难以言传的美丽，这便是季奥诺的伟大之处。

这篇《怜悯的寂寞》（La Soitude de la Pitiè）是从同名的小说集中译出。我们可以从这一篇短短的作品里看出他的作风的一斑。

人肉嗜食

安德烈·萨尔蒙

一九××年六月××日——我的生活的记录！美丽的章回，出色的驿站。圣路易、达喀尔、开尔、柯纳克里、吉尔格莱格莱、摩萨法、哈尔斯阿拉……我应该继续下去吗？记出"高龙伯林"这一章来吗？那一定会太平淡的。经过了三年的非洲中部，高龙伯的平原真是太平淡了！

今天早晨我热度不高。我的旧伤使我走起路来一跷一拐，不幸中了一支标枪。终于收到了提提，装饰得很华丽。它、我和一个愁眉不展的老军曹，便是远征所残余的一切。人们给了我大绶，但是人们什么也没有给我的猴子，这是不公正的。

一九××年六月××日——我以为自己裹着船上穿的大氅躺在沙上，可是实际上我是在我的少年人的床上。在送第一封信的时候，妈妈来唤醒我，正如我还是一个顽童的时代一样。我没有弄清楚，我还在做梦。"警备！警备！……武装起来！……保尔！起来！……是进学校的时候了……陆地！陆地！……德里赛尔中尉，我把大绶的勋位授予你！"不是，妈妈在对我说话。

"保尔！一个好消息，亚力山德琳姨母写信来了。"

"亚力山德琳姨母吗！"

"她要你去，我的小保尔，我相信吗？真是想不到的事！保尔，你要去，可不是吗？你要穿着你的军服去……而且还佩着你的十字勋章！真是想不到的事！"

不敢说："真是一个好机会！"我的好妈妈！

亚力山德琳姨母是我母亲的姊姊，是一个很老的妇人。她的丈夫是一个六百万家财的厂主，现在已经去世了。她没有儿女，住得远远的，不与别人来往。一直到现在我已经二十七岁了，我还从来没有看见过这常常在我童年的恶梦中出现的可怕的姨母。她实在是一个在我吵闹时别人用来吓我的东西。"如果你不乖，我要去叫亚力山德琳姨母来了。"人们很可以去叫她，但她是不会来的。

这鬼怪的亚力山德琳姨母，这样地又点起了一切希望的灯。我们是那么的穷！我有我的饷金，不错，而我的母亲又有她的军医的寡妇的有限的恩俸。我是那么的懂得母亲的直率的贪财的恳求。

"保尔，答应我写回信给你的姨母吧。"

亚力山德琳姨母会怎样说呢？说我是一个英雄，一个国家的光荣，说在家族之中这是难得的，说她很想见见一个这样的德里赛尔家的人。

"她一向是目中无人的,我的小保尔,然而这一封信却表示她看得起你。"

我答应去,这是不用说了,妈妈心里会高兴的。再则我也很想见见这个怪物。

"她有多少财产?"

"六百万光景。"

嘿!

一九××年七月××日——我见过福当该的妇人们,那些用一个涂油的、头发的长角装饰着她们的前额和鼻子的二十岁的老妇人;我看见过那脸儿用刀划过戴着羽毛冠、腿翘得高高、大肚子紧裹在一种类似军需副官的制服中的倍尼国王;我看见过那些头发像麻绳一样,把人造的痘斑刻在自己的皮肤上的赛莱尔斯的妇人;我看见过比自己的神圣的猴子更丑恶的旁巴斯人,但是我却没有看见过亚力山德琳姨母。

她是没有年龄的。在走进客厅的时候,我看见了一个由旧锦缎、稀少而破碎的花边和在软肉上飘着的丧纱等所包成的圆柱形的大包裹。腰带上,挂着一把散脱的扇子,一些钥匙,一把剪刀,一根打狗鞭子,一个镂金的手眼镜,一个袋子,甚至还挂着一本满是数字的厚厚的杂记簿。从这高高低低的一大推东西之间,升起了一片灰和醋的难堪的香味来特别的标记：这个黑衣的妇人穿着一双红色的拖鞋。

从一张小小的脸上，人们只能辨出两只又圆又凝滞的眼睛，一个算是鼻子的桃色的肉球，和在下面的两撇漂亮的黑髭须。

亚力山德琳姨母真殷勤地款待我。把手眼镜搁在眼睛上，这个可怕的人检阅起来了。

"走近来一点。"她发着命令。

她把我的十字勋章握在她的又肥又红的手里，起了一种孩子气的快乐。

"勇敢的人们的宝星！"我的姨母对我说，"这很好，保尔，坐吧。"

"我母亲……"我说。

"我们来谈谈你，谈谈你的旅行吧。我很喜欢海军军人的。我想起来了！……"

亚力山德琳姨母按了一下铃。一个女仆应了她的使唤端着一个大盘子进来了。大盘子上是一个威尼市的酒杯和一瓶糖酒。

"这是地道的圣彼尔的糖酒，是给你喝的。喝吧，所有海军里的人都喝这种酒。喝呀，保尔。"

下了一个要出力骗我的姨母的决心，我便满满地斟了一杯糖酒，一口气喝了下去，脸上一点也不露出难喝的样子。

这种无意义的豪饮使那老疯子高兴异常。

　　她一边拍手一边喊：

　　"好！好！我的小保尔，你是一个真正的海军军人。那么你打过仗吗？你周游全世界还不够吗？我在报上看你的经历。非洲中部，那一定是一个火炕了！对我说说那些野蛮人吧，是一些可怕的人吗？"

　　"天呀，我的姨母，别人吹得太大了，至多不过是一些大孩子罢了。"

　　"嘿！嘿！为了一个'是'一个'否'就会砍了你们的头的大孩子。如果把我们的这些肮脏的百姓也用这种办法来处置，坏蛋便会少下去了。我想你是不以政府为然的，是吗？真的，一个兵士是什么话也不应该说的。在那边，你有许多妻妾，你过着总督的生活，是吗？啊！这小保尔！在你出世的时候，你的体重是很轻很轻的，别人还以为你活不到三天。但你现在已是赶上了。你杀了多少野蛮人呢？"

　　"可是，我的姨母，很少……越少越好。我的任务显然是和亚铁拉的任务不同的。拓殖……"

　　"是的，是的，你们大家都是这样说。可是人们总讲着在黑人间的白种人的故事。这并没有什么不好意思的！你可曾做过大酋长的宾客？"

　　"当然啰！"

　　"那么你吃过人了？"

　　"我……"

　　我的姨母已不复知道她的快乐的界限了。她大声说着话，拍着手，扭着她在红色的拖鞋中的脚。

　　"他吃过了！他吃过人！一个姓德里赛尔的吃过人！你真是好汉，我的小保尔，你真是好汉！我一向当你是一个像别人一样的傻子！好吃吗？"

　　"什么，姨母？"

　　"人呀。"

　　我想："如果她真是疯的而且发了病，那么我只要推倒了她的圈椅就完事了。"因为在这个时候，什么都是在我意中的。我想她已十分成熟，实在可以关到疯人院里去了，所以我也就摆脱了一切理性的束缚，尽顺着她的心意说过去。她快乐得发了疯，一边干笑着一边把糖酒都倒在威尼市的酒杯里。

　　"人吗？那真鲜极了。只是要懂得烧法。最好吃的一块是……"

　　"说呀，说呀！"

　　"最好吃的一块是股肉。"

　　"噫，我还当是肩膀。"

　　"特别不要相信年纪愈轻肉愈嫩的那些话，据老吃客的意见，人只从三十岁起才可以吃。我说明是白种人，因为那些黑人即使是女人，也留着一点儿很难闻的酸臭味儿的。"

　　静静地伴着我姨母的喔喔的声音，我这样可怖地信口胡说了一个钟头。

　　我的想象已有了充分的进步，竟一点也不觉得疲倦了。但是我却起着不快之感，这一部分是对于我吃人肉的饶舌而起，但大部分却还是为了那断然不是疯狂，却是恶狠、愚蠢，而厌世到虐人狂那种地步的老妇的高兴而起的。

　　当我的滔滔的雄辩正要达到些蛮夷的诗人都未知的残酷的程度的时候，女仆前来通报说我姨母的干女儿德·格拉兰夫人来了。

　　我愿意把这金发美人的影像单留给我自己。这个人们亦称作佩玎的德·格拉兰夫人，年纪有二十二岁，她已和她的丈夫离了婚，她的丈夫是一个乏味的赌徒。我似乎颇得佩玎的青睐。咳！那可怕的亚力山德琳姨母又搬出她的那一套来了。

　　"佩玎，我的好人，这位是我的内侄保尔·德里尔赛，海军军官，当代的英雄。啊！真是一位伟男子！听着他吧，我的孩子，他吃过人肉，他吃过三年人肉！"

　　一九××年七月××日——我又看见了一次佩玎。我的初出茅庐的心并不怀疑。我是恋爱着，我以恋爱着为幸福。我已向佩玎发誓说我没有吃过人肉。她很容易地相信了我。比起佩玎的笑声，是没有更好的音乐了。她爱我吗？

　　一九××年八月××日——保尔！一封给你的信。

　　今天晚上，我十六岁了。幸福把我弄傻了。我满意着我的痴愚。我雀跃，我乱喝，我舞蹈，我也哭泣。我睡不着，我整夜把佩玎的信一遍遍地读过去。

一九××年八月××日——佩玎的丈夫已把她的嫁资浪费完了，她现在靠着他给她的一点儿赡养费度日。屈辱人的布施！娶佩玎！我们那么深切地相爱着！哦！搭救她，解放她，无奈我是这样的穷！而我的母亲，虽然她并不是吝啬的人，但是她不得不一个小钱一个小钱地打算盘，在生病的时候，她连到维希去养一季病都要踌躇的。这真像是穷困了。

如果我吃了我的姨母，那就多么好啊！

一九××年九月××日——当我去探望我的姨母亚力山德琳去的时候，我有把握地演着我的角色。在吃人肉的大场面中，没有一个演员比我演得更好。我是客厅中的完善的吃人人种。我甚至说得过分一点：我相信我的可敬的姨母开始认识恐怖了。是邪恶的快乐使她苦痛，否则便是她已变成完全疯狂了，现在我能够使她脸儿发青了。人们是可以加倍恐怖的分量而得到好成效的。

一九××年十一月××日——亚力山德琳姨母的样子是可怕的，脸色苍白地躺在她的桃花心木的床上。房间里散发樟脑的臭气。

我的姨母使劲地活动着她的嘴唇对我说：

"保尔，再讲一个故事……那边的。"

一九××年一月××日——叫我在大路易中学的旧同学雕刻家比列，给我的姨母定制一个纪念碑。向总长辞了我的职。

开洛，一九××年三月××日——尼罗河水刚在佩玎可爱的脚边的沙滩上静止了。只有我们俩在那儿，幸福，缄默。弯身在佩玎所束起来的蔷薇花束上，我所闻到的还是我的恋人的香味。

一个把土耳其帽子直压到眼梢的半裸的小黑人，哀求着要我们买一串用埃及钱串的项圈。

佩玎的目光固执地激起了我的慈悲心。

然而佩玎却不知道……当然，这是我很应该给这小黑人的。我把我袋子里所有的钱都轻轻地放到了那只黑色的手里去。那里有银钱，而且，运气真好，还有金钱。

那黑人惊呆了，不敢合拢手来。他干笑着，吻了吻我的大氅的一角，便飞奔着向那在这远处人们可以辨出有许多回教寺院俯瞰着各大厦的圆顶阁的开洛的郊外而去了。

＊＊＊

安德烈·萨尔蒙（Andre Salmon）和阿波里奈尔

（Apollineire）、约·可伯（Max Jacob）等一起，是法国立体主义文学的首创者。他于一八八一年生于巴黎，父亲爱美尔·萨尔蒙（Emile Salmon）是一位蚀雕家。在年轻的时候，他跟着家旅行过许多地方。后来他独自到俄国去，在那边法国公使馆的秘书科里当学习科员。在一九〇三年，他回到法国来，开始在几个杂志上写诗和小说。在那个时期，他结交了阿尔弗雷德·雅里（Alfred Jarry）、约·可伯等。他和他们一起住到蒙马特尔（Montmartre）去，认识了画家毕加索（Picasso），关税员卢梭（Le Douanier Rousseau）、玛丽·洛朗桑（Marie Laurencin）、德兰（Andre Derain）和文人弗朗西斯·卡尔科（Francis Carco）、马高尔朗（Mac-Orlan）等。

萨尔蒙的散文是热烈的，同时又冷酷的。这就是他的迷人之处。他把人生剪裁成那些在太阳中飘舞着的苗条的影子，他所用的又温柔又赤裸的字眼，都得了一种新的价值。萨尔蒙常常回想起俄国的白雪和她的居民，蒙马特尔的烟云和蒙马特尔的寓客，而把它们当作他所爱好的题材。

他也是一位爱好绘画而深深地了解它的艺术批评家。

尼卡德之死

菲利浦·苏波

一

上午四点钟。

尼卡德睡着，可是在他的睡眠中，他还竖起了耳朵在听。

电话的铃声只使他醒了一半。他等待着他的助手泊齐的声音。

"哈啰，尼克吗？"

"三百六十七号。是我。"

"我看见了。没有什么大结果……"

"讲吧！"

"那所屋子像一个蚌壳似的开着。那是要使尽吃奶的力气推才能进去，用肩撞一撞是不够的。在前厅中，有十四张桌子，按照高低并排地排着。在第一张桌子上，放着一个橙子和一把刀；在第二张上，一把绿毛的鸡毛帚；第三张上，两个贝壳；第四张上，一个西班牙的新铜元；第五张上，一块两色的手帕（青色和黄色），第六张上，一把剪刀；第七张、第八张上，什么也没有；第九张上，一盏煤油灯；第十张上，一朵白色的石竹花；第十一张上，一朵蔷薇和一块烧糖；第十二张上，一只盛满了葡萄酒的酒杯；第十三张上，一只象牙雕的象；最后的一张上，一张波斯王陛下的折角的名片。在这张大桌子的脚边（十米长、九米宽），是一个铃。

　　"虚掩着的门通到客厅去，壁炉里有火，在一张圈椅上，有一双手套，在一件荷兰式的大家具前面，一根碧玉的手杖。客厅好像是空空洞洞的。在这间大房间里，只有一张圈椅，一个已经斑驳了的木柜，和一张三只腿的小圆桌。在墙上，挂着一张十八世纪的画，上面题着这几个德文字母：'Wilhelmine, prinzessin von Preu sen, spatere markgrafin von Baryreuth.'一只眼睛已经戳穿了。在那幅画对面的墙上，有一张鼓吹一种美颜品的效力的粉红色的广告。一个插着七支点得高低不一样的蜡烛的烛台，是安放在壁炉架上。在上面，是一面大镜子，镜子上用粉笔画着这几个字：'巴特先生七点半来看。'门的左边的那间屋子是一间浴室。右边的一间也是浴室，可是大得多。在这宽敞的房间中。我们可以在中央看到一架大钢琴。为要走到楼梯间去，我不得不移开了一张皮面的大圈椅。楼梯表面上看去是不考究的，可是它却有个特点，那就是坡级是照着彩虹的颜色糅漆的。第一级是深红色的，第二级是朱红色的，如此类推。在楼梯顶上有一个洒水的壶。我看出了三扇白漆的门，门上有着不同的号码：十八号，三百二十二号，四号。在第十八号房间中，有一个年轻的女人躺在一张富丽的大床上。她睡着，右手拿着一朵花，左手拿着一根胭脂膏。我唤她不醒。这房间里的陈设很简单，竟可以说是一间旅馆中的三等客房。那间和客厅一般大小的三百二十二号房间，是完全照凡尔赛宫中的路易十四世的卧室布置的。只是那国王的蜡像是用一口闹钟来替代罢了。在第四号房间中，两个穿着黑色晚礼服，纽口上插着梓花的男子在下棋。这两个男子都已经死了。我关上了门，爬到阁楼上去。那是一间大房间，有许多花，一张大床和一张小桌子。在地上有一个电话机，那使我惊异不安的（尼克，我老实对你说，我有点害怕），是一个俗气的烟灰盂，一支香烟刚在那里烧完。床是零乱的，我去摸了一摸，还有点温暖。我不期而然地拔出我的手枪，在阁楼中走了一圈，一个人也没有，一顶帽子丢在一个角落上。那是一顶圆顶呢帽，是在房陀麦广场的先王爱德华七世制帽人吉罗帽庄买来的。

"夜差不多已完全降下来了，我打亮了我的电筒，蹑手蹑脚地走下楼梯。现在只差去看地窖了。我找不到地窖的门。门一定是被墙砌住了。可是在那个墙的后面，我模糊地辨出人声来。他在打电话，我把耳朵贴在墙上听。这是白费劲儿，我走出屋子去，可是通气窗也都砌住了。我在花园中，背着墙蹲在一棵树下面，像一个人大便似的。我窥测着那个屋子里的人，心想他一定要点灯或是关窗扉。我等了两点钟。那花园是很俗气的，我已对你说过了。藤树攀在屋子上和墙上，睡莲在一个小塘上飘浮着。我不得不离开了我守着的地方，因为月光快要把我照出来了。我躲到一个安全的地方去。屋子里一点动静也没有，一点显出有人在那儿的灯光也没有。只是那从烟囱里飞出来的烟，被一片月光所照亮了，不断地涨缩着。散步的人们在栅门前走过。其中的一个点了一支纸烟，吹着口哨又走了。有时候有几辆汽车在河岸上滑过。接着沉静又降下来了。

"在远方，我看见一片阵头雨像一只野兽似的奔上前来。闪电划开了黑夜，我守望着雨，守望着刚才打电话的那个人到来。一个邮差从脚踏车上跳下来，在前门的信箱中丢了一封信进去。

"园子是沉静的，可是从临近的地方，却有声音传到我耳边来。一个留声机模仿着加卢梭。最后，黑夜扑了下来，一切都沉睡过去。一点钟光景（我已不能看我的表上的时刻了）一点钟在沉静中过去了。

"突然，我听到了一个歌声。嗓子非常好，差不多是温柔，差不多是嘶嗄。

"那个沉滞而怨恨的声音，那个从墙里透出来的舒徐的声音直向天空升上去，一个更辽远的调子使一朵挂在石头上的花颤动了。那在巨大的褐色的树木上闪动着的，是一阵风或是一片月光。一个脸儿在墙顶上显露了出来。那是一个很黑的脸儿，上面两只眼睛像鱼一样地发着光，嘴简直像一颗心，几秒钟过去了，沉静掠着地滑过去，接着，一只拿着一盏点亮了的灯的手，像蛇一样地竖了起来。

"在这毛蓬蓬的小园子里，草或许是因为害怕而战栗着。那只手摇动着那盏灯，虽然有月亮。灯光依然还在池塘中反映出来。我们可以说这灯光的踌躇是一个暗号。

"一滴雨水使一只被灯光吓怕了的鸟儿闭了嘴。阵头雨过去了。在西方的山上，我听到了雷声。

"那个人大起来了。他跳进园子来，到信箱里去拿信，然后走了出去。那是一个黑人，身体很高大，穿着一身礼服，戴着白色的手套。我听见他走过又停下来。我等着他再走，可是这是徒然的。我便握着手枪，也走出园子去。我希望看见他，可是在河岸上已经一个人也没有了，在我碰到的第一家咖啡店中，我打电话给你。我忘记对你说我在河岸上拾到了一个信封。我觉得这信封是没有什么重要的。这是一个青色的小信封，上面写着这样的地址："菩提树街二号屋主人收。"这封信是前天从 P 地寄发的。我想那是一个法国西部的城。"

"哈啰！——赶快来！"

二

在法国西部的一个城的附近，当人们坐火车到那儿去的时候，人们便在铁路的左边看见一所神气很严肃的屋子。一看见这所巨大的建筑物的时候，人们准会把它当作是一个修道院。

当人们走到这所灰色和绿色的屋子边的时候，人们便看见窗户都是用铁栅拦住的，然而神色总还比监狱的铁窗愉快一点。有几扇窗确实是围着巨大的攀藤的，铁线莲或是茑萝。这座高大的建筑物是怪清洁的，卫生性地清洁的。围绕着它的那条路是用碎石铺成的。人们与其说是在那里走，还不如说是在那里滑，那里沉静。铺着青色板的屋顶上有一个避电器竖起着。屋子前面的栅子是锻铁做的。

四周是平坦的，种着一些瘦弱的小树，我们竟可以说是顶上有几片叶子打在地上的桩子。一座座的高房子距离不相等地在那些阔敞的地上耸立着。在那些空地上，狼借着被风翻吹着的纸片，空的洋铁罐，肮脏的旧抹桌布。一片枯干，灰色而稀少的短短的草，到处乱生着。

这一长条屋子在当地是很著名的。人们矜夸地称它为"疗养院"，因为有许多有名的人物都住在里面。

实际上，这是一所最俗气的疯人院，可是它却有一种奇异的伟大，时钟或高架桥的伟大。

在内部，那些管理人努力把沉静引进去。地板上铺着极厚的地毯，墙壁上铺着一层层的软木。每一扇门都是双重的，而那些很小的窗户，也都用两三重窗帷和屏风板保护着。

当人们走进了这所屋子去的时候，听到在几米外远近开过的火车的汽笛声,几乎是不可能的事。一排排的树木把风和声音都拦住了。

当人们一走出了这所屋子,而又听到了骚嚷和呼喊声的时候,那已习惯于沉静的耳朵中,便会发着轰轰的声音。

这几天穿白衣那几天穿黑衣的大神秘,在那个时候便插身进来。当一个倦于自己每日的无味的操作的过路人,在这地方的附近徘徊着的时候,他听到了一种和盲鸟的叫声差不多的喊声。他立刻想象到犯罪行为或残酷的试验,想象到流血的举动,可是,当他留心一听而听到这喊声变作了一片长笑、一片传染的大笑的时候,他的恐怖便格外增加了。他害怕得发抖,可是自己也笑了起来。他想逃开去,可是不久当他听到了一阵阵的哨子声,呜咽声和那在他四周奔跳着,使他也不禁捧腹大笑的红色的大笑声的时候,他便不得不站住了。

这好像是那些住在里面的人在踢足球。

那延伫着的过路人终于振作起勇气,张开了他的雨伞走开去,因为黑色的天上,已落下雨来了。

另一天,一个邻近的孩子在附近的空地上独自个玩着红种人打仗的游戏。他追着一个影子,瞄准了一个看不见的敌人,口里喊着:"砰!砰!"他像人们有时称为羚羊的那些美丽的野兽一样地奔跑着。他沉醉着这个他自己所预料到的胜利。他老是向前跑着。他在一块石头上绊了一跤,可是因为一个人也没有,他也就没有哭。他只不过爬起身来罢了。在这个时候,他从一扇窗子的铁栅间瞥见了一个流着眼泪的长满了胡子的脸。他逃开去了，而当辰光到了的时候，他便睡觉。

可是，他在夜间又看见了那张哭泣着的脸儿，他便把他所遇见的事讲了出来。

那神秘像一只扑食的鸟儿似的把自己的影子伸展在这个小城上。那疗养院好像突然染上了一重血色了。恐怖在神秘的踪迹中飞翔着。居民都避开了那一带屋子，而在礼拜日或节日，人们也不复到那地方的附近去散步了。他们也忌讳谈那所辽远的屋子。

有一天，为了职分上的关系，县长不得不去从头到底地参观那所屋子。下一个星期的星期六，在县署的舞会中，他讲着他参观时的情形：

"院长是一个五十岁光景的人，很高大，很壮健。在他的眼镜后面，他的目光是灵活而锐利的。他引经据典地把他的方法解释给我听，可是老实说我却一点儿也不懂。他领我什么地方都走到。他讯问病人的那间房是很别致的。墙上挂着各种的画，而在每一幅画之间，写着一个红色的号码。在窗子前面，有一个和普通人一般高低的古石像，脸儿向着外面的风景，在我看来这好像是一个雌雄人。我不懂得院长为什么把一大堆的表、摆钟、挂钟都聚集在那里。我没有工夫去数它们，可是并不过甚其辞，我可以说那里至少也有三四十只钟表。"

那些听着这位又年轻又漂亮的县长的美妇人们，都微笑了。这间特别的房间的描摹，使她们觉得那么的有趣，竟连跳舞也忘记了。那位对于自己的成功很得意的县长，接下去说道："那位院长接着带我去看几间'关房'。那都是很美丽的房间，陈设很富丽，地板上铺着好几层厚的羊毛地毯。那些房间中是那么的沉静，使我有了一种时间已中止了的印象。诸位想一想那对照的情形吧。

"靠了一种复杂的方法，我不知道是潜望镜呢还是镜子的把戏，我看见了一些疯人，他们想不到有人在看他们，样子显得很平静。其中有一个疯人特别使我注意。那是一个大力士一类的人，在缝着布边。我问院长这人是谁。'我不能把他的姓名告诉你，这是职业的秘密，'他这样回答我，'可是你要晓得他曾经做过几个月爱好运动的人们的偶像。他是一个有名的打拳的人。'我们看见别一些病人，我觉得他们都是很有趣的。那里还有一个非常美丽的女子。"

那些妇女们都颇觉有趣。那位不愿意使她们老听着他讲废话的县长，邀请了她们之中的一个去跳舞。

在吃宵夜点心的时候，坐在县长右边的一个年轻的女子，打破了寂静亲切地问："他们是怎样调理病人的？"

"那位院长，"他回答她，"有一个我觉得是很别致的想头，那便是叫他的病人们运动。他强迫他们打网球、推大球、踢足球。护士们也参与这种游艺。那些疯人似乎对于运动很有兴趣，他们像孩子一样的快乐。这是院长对我说的。他们大笑着，大笑着。大部分的人还试想作弄别人。"

仆役们斟上了香槟酒，县长闭口了。那些听到他讲过这次参观的妇女们，又把它去重讲给别人听，还加上一些有趣的琐节。

接着，当一切的好奇心都满足了的时候，人们便谈着别的事，可是那疗养院却保持着它的传说。

在春天，有一日有人看见火车中走下一个漂亮的少年来，肩头斜背着一个照相机。这是一个英国的旅行家。他住在邮政旅馆中，在几天之中在附近做着野游，他讯问着做生意的人和咖啡店里的侍者。他似乎特别对于那个疗养院发生兴趣。那位饶舌的理发师，立刻告诉了他所讯问的一切的事，于是，有一天他便用着要得到一些很明确的详情的借口，要求院长接见他。他写给院长的信上说，他有一个亲戚害着神精病，很想试用这种方法来医。当他到了院长室的时候，他要求院长把门都关上了，请他咐吩职员不要在他们谈话的时间来打搅他们。院长是知道病人所常有的这一类过虑的。他叫那少年尽管放心，对他说绝不会让人来打搅他们。

"您想必知道那位美国的大侦探尼卡德的吧？"

"当然啰。"那医生回答。

"我叫泊齐·麦斐，是他的助手之一，我想不惹人注意地来做一番调查。求求您守秘密。您从前用过一个有色人种的护士，一个姓名叫作阿贝尔·马尔德的黑人，是吗？"

"不错。"

"你可以告诉我些关于这个人的事吗？"

"这是一个好护士，他很使我满意。他又力大又勇敢，对于镇压那些病人——特别是我们所谓的那些'武疯'——那些事上，他于我们很有用的。那些'武疯'是一些怪诞而横暴的生物，他们不愿意做别人咐吩他们做的事。阿贝尔·马尔德在这里没有做了多少时候，我想大概是一两个月吧。我应对您说，管理人和职员们都以为他走了是一件憾事。护士们，管门人，花园匠们，现在也还常常谈起他。他是很慷慨的，常常喜欢送点小礼物给他的同伴们、孩子们，甚至院里的病人们。"

"从这个时期起您看见过他吗？"

"看见过一次。一天晚上他坐了汽车来到这里，那是一辆很漂亮的汽车，这是要附带声明的。他对他的朋友们说他现在做了汽车夫，但是他穿的衣服却像一位绅士。"

"这次的访问是在什么时期？"

"大约在三个星期之前。"

泊齐·麦斐向医生道了谢，告辞而去。他当天晚上就打电话报告他的老板。老板热烈地赞赏他。尼卡德似乎对于泊齐其实没有费了多大气力打听出来的这个消息十分满意。

"继续去探听那疗养院里的职员们吧，设法找出马尔德的一个朋友来，然后和他去结交。你或许会弄得到他的住址。杰克和我，我们就可以追寻他出来。"

在以后的几天中，泊齐努力去和那些护士们联络，可是别人对于他都远而避之。于是他便决意离开那个地方，和这小城中他一切的朋友们欢然作别。他甚至还去向医生辞行。

就在他动身的那天下午，一个四十岁光景的男子跳下火车来，立刻叫了一辆街车到疗养院去。这是那别人几天以来等待着的新护士。

三

那个监视三层楼的新护士到来以后两星期，一辆美国制造的长型汽车在疗养院的院子中停了下来。那时正是八月中旬，天气很热。那个开车的黑人把他的汽车停在门前，忘记停止发动机。他和管门人握了握手，便和管门人的儿子一起走进屋子去。

在这辆汽车到来之后几分钟，三层楼上的一扇窗打了开来，可是又关上了，接着又打了开来，接着又关上了。不久，两个流浪人靠着墙在阶坡上望了下来，开始吃喝。他们似乎很留心地在观察那所大屋子。

那开汽车的人去问候疗养院的院长，去探访那些护士们。那些病人已开始穿起运动衣来，预备做他们的每日的足球戏了。

"这家伙是谁？"职员们称为阿尔贝的那个人，看见三层楼的那个护士出来的时候，便这样问。

"一个新来的。"

阿尔贝瞪了那个新来的人一眼，接着便微笑起来。

那些疯人似乎是特别的高兴。其中的一个不断地说："天晴，晴，晴……"好像是唱歌似的，接着他便大笑起来了。

足球戏不久就开始了。阿尔贝得到了加入足球队的允许。就在这个开始不久的时候，忽然起了一个大混乱，而惨剧也就出来了。

阿尔贝在奔跑的时候跌倒了，在他跌下去的时候，他把那个新来的护士也带倒了。他禁不住发出一声呼喊来，一声好像是受伤的人的尖锐的呼喊。他举起了他的流着血的手来。

几个疯子呐喊起来，扑到那两个叠压着的踢球人身上去。那个缝布边的大力士拔出拳头使劲地打。那护士发了狂，开了一枪。两个流浪人手上握着手枪爬上墙去。

病人们大笑着，呼号着。有几个人向那两个开枪的新来到的人扑过去。当人们终于拉开了那些殴打的人们的时候，有五个人已受了重伤，躺在地上。

那护士已经被扼死了。

那个从前的雇员阿尔贝·马德尔已经不见了。人们记起他必然发了性子，跑到他的汽车边去，立刻开了汽车走了。

那两个流浪人在头上中了好几枪。几小时之后，他们没有清醒过来，就这样死了。当人们给那些死者更衣的时候，人们发现那护士和那两个流浪人都戴着假发。

那时人们才认出了尼卡德和他的两个亲信，他的表弟杰克和泊齐·麦斐。

四

在晚上七点钟光景，有人在各大街上喊：

"尼卡德去世。"

一个手上缚着绷带的黑人，买了一份报，付了一张一百法郎的票子。

"不用找钱了。"他说。

＊＊＊

菲利浦·苏波（Philppe Sonpault）于一八九七年生于巴黎近郊。

他以诗人的资格踏进文坛，和勃勒束（Anohe Breton）一起，他著了那部"达达"派的杰作而又产生出"超自然主义"（Surrealisme）的《磁场》（Champs magnetiques）。他著名的诗集，除了《磁场》以外，有 Westwego（一九二二）Wang Wang（一九二四）Gaorgia（一九二六）等等。

他写了许多小说，都可以算是法国现代小说的名作，如《好使徒》（*Bon Ahpoe*，一九二三）、《漂流》（*A la derive*，一九二三）、《杜朗多兄弟》（*Les freres*

Gurandeau，一九二四）、《奥拉斯·比鲁艾的旅行》
（*Le Voyoge d'Horace Pirouelle*，一九二四）、《瞄准》
（*En joue*，一九二五）、《黑人》（*Le negre*，一九二
七）、《伟人》（*Le Grand homme*，一九二九）等等。

他的作风是新鲜而质朴的。短小精悍的句子，没
有任何的矫饰，像流泉一样淙淙不断的新鲜的意象，
急骤而兀突的进展，这就是苏波迷人的地方。在内容
上，他表现着战后法国青年的不安的心境，对于一切
传统的反抗不是用心理分析，却是用外表的行动来
说明。

在他的著作中，黑人扮演着一个重要的角色（如
《奥拉斯·比鲁艾的旅行》《黑人》《伟人》等）。他们
代表着冲动力，不合理，对于一切的反叛，善恶的混
合。这些，也就是苏波的人格的一部分。

这里的这篇《尼卡德之死》，系自 *Anthologie de
la Nouvelle Prose francaise* 译出，很典型地代表他的
作风。

罗马之夜

保尔·穆朗

几只猫在旅馆的花园里唱歌。一只狗用吠声去把它们镇服，然后又回来，伸出一条青色的舌子，像吃过了桑子或是自来水笔一样。伊萨培尔的母亲在大厅里等待，让别人去颠三倒四地装她的衣箱。这是一个过分地被胡瓜水和唯我主义所保养着的矮小的妇人，脸上的皱纹在耳朵后面连成一气，胸前挂一串人造珠，而那真从海里采来的珠子都放在一只拿在手中的鲜鱼皮小提囊里。

当她看见我的时候，她便喊了起来：

"我把我的女儿托付给你。伊萨培尔不肯和我一起回到法国去。她无论怎样的强迫都不接受。她真是空中的生物。她什么也不放在心上。你，先生，你是一个有知识、有理性的人，请你看管着她吧。你在找她？她已经不在这里。到了什么地方只有上帝知道，而且侍女也不带。她只带着一些酒瓶、一张毯子和一根杀壁虎用的尖头手杖，还说她什么也不希望了，而我的虚伪又使她愤怒。这个小姑娘像阴沟似的喝，而喝的又是些没有牌子的饮料。她一生单知道愚蠢地满足自己的欲望，像做梦一般。当初我们所认为娱乐的东西，四人舞、匈牙利绣货、骨牌、威尼斯图画，现在什么都不通行了。每三十年世界总要脱一张皮。在她这样的年纪，我对她说，我已经有了五个小孩。于是她便这样地回答我："怪不得你有这样漂亮的肚子。"衣服在她是随随便便的。她也不打算到社会上去混。我的迟疑和我的偏见使她迷惑。她想要拿一切来自娱，可是只出于开玩笑。她什么也不知道。她没有艺术的玩味。她所写的东西一点意思也没有。我们几乎可以说她已经算不了人。她是一切东西的猎物。自己无论发生了什么事情，她总不是庆祝着，便是拿来说笑话。她说自己受着诅咒，可是她只觉得好笑。我要错过我的火车了。总之，那果子是生了虫。告诉我，这种疯狂究竟是怎样的？"

"这是一个牺牲了的时代，太太。男的都当了兵，女的都发了狂。命运还在这里面加上了许许多多的灾难。真的，伊萨培尔便是这一种反趋时主义的牺牲者，这是每一个敏感的灵魂都迟早会去附和的，它要你不和任何人结交，除非你能够确实断定他们并不要求一种有利的友谊。"

她叫人把那使她的声音不能被清楚地听到的摩托停止了。

"……你想想，已经有十五岁，还不像一个有家教的孩子，她说着把那忘记还给守门人的房门钥匙托付了我。（我也把这个钥匙忘记，直到那结在上面的沉重的三角铜片在我的衣袋钻了一个洞，而那钥匙便从这洞中落在地下的时候。）"

……

      笔迹推测

      奥维德相家批

      推测号数   三四   伊萨培尔

"青年女子的笔迹。性格优美而尚称灵动，多血质。她虽然生活得舒服，但出身是否属于贵族的环境，却还成疑问。知识肤浅，但已尽够讨人欢喜。个人观念不常合乎论理。脾气难伺候。

"风骚甚于她自己所愿承认，她还保持着一种架子，且又憎厌太放肆的事情，独断又甚于傲慢。这性格甚至会造成过失。

"在社交上是广泛而可爱，是否诚意却极需考虑。有时会陡然地温柔起来的半冷的心，欢喜统治又支配自己所爱的人。现在所有的情欲并不是那一种难以取悦的。"

我重读着伊萨培尔的笔迹，推测这是我在刚认识她的那几天就去请圣·摩尔·莱·福赛地方的奥维德相家批来的。在我发现这分析是错误的时候，为要更了解她一点，我还利用着它。留给我们去经验的，只是预言家的谶语里的一些滑稽的"差不多"，对于这个，首先发笑的便是她自己。

伊萨培尔是气质浮燥而心情畏缩的。我来不及发现这个，并且也来不及一般地了解她，一直到我们两人共同地尝着了那种在从前是用来使爱情增加或结束的乐趣的时候。真的，甚至在华莱戏场我们第一次会面的那一晚，她就说我有一种杉树的神气，而在把她带回到母亲那儿去的车子里，我们就互相拥抱着了。那玩艺儿的规则因此便省略得不少。热情固然损失了它的有层次的趣味，但是感情的、磁力的和化学的交换律却可以更自由地行使，而实际上也算有所获得。

不久之后，伊萨培尔对我承认说，她无论什么时候都不会忽略了她身上的这种天赋的本能。或许她是因为贞洁过度而才这样做的，她会毫不迟疑地在这方面牺牲她的道德。她玩着这样的把戏，是为了增进她的智慧和敏感。其实，她的智慧是极平庸的，而我又怀疑，毕竟敏感可曾经透入过这颗奥维德相家所批给我的"有时会陡然地温柔起来的半冷的心"。

但是我们却很顺利地达到了一种没有偏见的人所极难享到的、互相信托的亲昵程度。用一种奇怪的逆行法，这无疑是由于我们互相认识的方式——违反自然程序真是多么危险——我很快地和伊萨培尔一起经历着恋爱的所有的步骤，只是程序却完全颠倒了。它以冷淡和厌倦来开始，以温柔来继续，从享乐达到爱情，随后便在好奇和游戏中结束。

我们会面的时候很多。伊萨培尔在罗马过了好几个月，我却再也猜不出是什么东西把她羁留在这个沉闷而又没地方好玩的城市中。

当我含笑地问她是不是打算在这里过一生一世的时候，

"或许是的，"她便这样说，"无论如何，我是在努力探寻'习惯'的踪迹，这只吐着链条又拿一个钟摆来做尾巴的野兽。"

她的房间临着比亚门附近的一些古时的堡垒。我的生活却临着一个院子，在法尔奈斯大厦的第二层上，因为我是罗马公学的学生。我在那儿有一叠书目，一架到书架的最高几格上去拿书用的梯子，和一个龌龊的墨水壶。在打六点钟的时候，我便到一间角上的房里去向我亲爱的老师告别。他老是坐在一张紫红丝绒的靠椅里读着一些下等的非洲著作家的作品，身边围绕了许多安戈拉猫，以及那些跟睡在特拉伊盎的纪念柱四周的猫同种的浮石色的猫。我至今还没有忘记他的像两块很大的冰似的放在前额上的眼镜，他的和下面的脑袋同样倔强的白发，和他的在乳白色的雅尼库伦山边阴沉沉地显映出来的，乡下的老爱拉士摩斯似的头。随后我便从被风所蹂躏的长廊走到院子里。那值班的守门人老向我投掷着一丝挂在他的银绶带上的微笑。

伊萨培尔总是在谛勃尔河边等我。我们便步行着回到上城去。这地方的女子都是上身长而下身短的，因此伊萨培尔的体态便会使人吃惊。她有一个极小的头，有时候为要替自己所干的傻事情解嘲，她便说这里面只满放着一些水。她的身躯也是小得几乎可以说没有。从肩膀起，她就立刻分为两条又瘦又尖的腿，就像圆规一样，走起路来尽向铺石上刺。她在右脚踝上带着一个嬖人式的很重的闪色雕铜环，这又使她跛了脚。

平常，尤其是在第三者之前，她老是缄默着，可是在只有两个人的时候，她却会把自己的一切思想都随便地说了出来。她不喜欢结交朋友，特别是那种可以在旅馆里和食堂里发生的关系——其实在这事情上，她是错误的。

当我劝诫她不要抱遁世主义的时候，她说：

"真正的遁世主义者却是那些爱好社交的人，例如我的母亲。是善恶的问题吗？他们是除了世故之外什么都没有的。"伊萨培尔恨她的母亲，绝不肯错过可以讥笑她的机会，只有当她不在眼前的时候，才肯把她称赞几句。在餐桌上，她似乎老是在等候着一个可以扑到她身上去的时机。

伊萨培尔老是折起了她的狭长的眼睛微笑，为免得咬指甲，又时常在咀嚼一支小小的象牙卷烟。在说完了话的时候，她总会伸出那双掌心染成鲜红色的张开的手来，神色好像在拿一种完善的意见给和她谈话的人看，而请他回答似的。一般地说，她是没有机智的，除了在她的信札里，正如所有的女人一样。她让我看的那几段日记，我觉得也是一点价值也没有的。可是她时常吐着血，打扑克的时候爱用投机的方法来赢我的钱，对于说谎会感到非常的兴味，这一点又和她的体力上的勇敢恰恰成为对照。我曾经看到，在一次偶然肇祸的时候，她是这样地担心别人，而竟忘记叫人把她自己的伤处绑扎起来。在三十六个月的战事期中，她是在诺瓦雍开伤兵汽车。

伊萨培尔常叫些酒来在自己房里喝，可是喝到半杯便停止了，那时她的眼睛会充满着泪水，好像那饮料替她打开了一扇神秘而灵敏的门似的，随后她又继续喝下去。她蹲坐在地毯上，脚缩在身体下面，多骨的膝盖因干风症而咯咯地响着，而同时又神气像一只懒惰的猫似的在抽烟。她会这样动也不动地、大儒式地、像生孩子似的过几个钟头。

在春天，伊萨培尔结识了几个朋友。她已经过了整个冬季的孤独生活。

"你以为伊戈尔怎样？"

我嫌憎他的美，他的毒意的眼睛，那些彩色的广告牌的热闹，在这些广告牌上面，电影大明星伊戈尔是化妆着，或是在沙滩边，或是扮作穷学生式是在铺得软绵绵的前厅里；我又嫌憎他的竖在搁楼里的会把人激怒的侧形，他的洒满了火光的粗糙的皮肤，他的和车夫们混在一起的在赌窟里打牌的乳白色的手……

"他有一种枫树的神气。"伊萨培尔说。

伊戈尔是希腊、爱尔兰混血。他的父亲是一位希腊将军，而他的母亲是一位爱尔兰将军夫人。当我第一次在伊萨培尔那里碰到他的时候，她把我们两个都仔细地端详了一番。

"人生真是矛盾的交织。"她叹息着。

在这个时期内，伊萨培尔开始用创药，身边围绕了许多三棱水晶。早餐吃生姜，买了一张斐伦采的折叠床，每天从不相识的手里接受一朵木兰花，向仆人们发着离奇的命令。她一触到鹿皮便非晕倒不可。她用特殊的理解法来和生活隔离，她躺在豹皮上接待我，她的说话也模糊起来。我埋怨她不该什么应酬也不再接。

"可是我每天夜里都出去。"

"到哪一个世界里？"

"到睡梦的世界。"

有一天，她把我带到了她的房间里。在她的床上面是钉着许多发票、信札、赛跑家的小照和一张纸片，在那上面我看到这些字："不要忘记星期六去和伊戈尔谈恋爱。"我觉得不应该去问她。可是她却看着我：

"你的目光真迟钝，"她说，"伊戈尔的眼睛却是水晶做的。我不喜欢屈伏的英雄。"

"我却喜欢那些自己做帽子而又会懂得受骗的女子。"

"随你的便吧。可是要当心那些有子宫炎的。"

她把手里的杯子放在一张留声机片上，又看它跟着那声音旋转。

拿波里！我愿意死在你的迷人的天空下。

"你……"

"不用说了，"她插进来，"我知道你要讲：'守住了我，你将来就可以看到，我是会带幸福来的。'"

伊戈尔有一个女朋友汪达。伊萨培尔介绍我和她认识了。她是一个波兰人，又相信鬼怪。我们常在夜里到奥斯谛的海边去玩。我坐在折式前座上。伊萨培尔的右面有汪达，左面有伊戈尔，用自己的手同样地握住了他们的手指。她的坦白使我不安。为要免得责备她，我便游戏似的说：

"我宁愿在自己乡里做老大，而不愿意在罗马做老二，或是在什么地方做老三。"

在我的安闲和我的傲慢的遮盖下，我赤裸裸地公开了我的已经忘却的或是重新记起的痛苦。我本来愿意和伊萨培尔共同生活，并且像远别时那么完全地爱她。但是在晚上，我却竟会喜欢起自己在白天所不得不厌恶的她的种种来：她的轻浮，她的不透明的灵魂和透明的衣服，她的欢乐的迅速和低级。

从汪达那儿，伊萨培尔知道了红头发的香气，她的下午的悲哀的理由，买丝织紧身衣的最好的地方，以生辰为根据的东方预言术，杀死蜜蜂吸它们的蜜的方法。这是柠檬、柚子、蜜枣和三色糖果的朝代。伊萨培尔在她的衣箱上画着菱形和盘线，替自己想着铭语，寄着些无头信给政治家们，买着嵌花胸针，穿着十字搭，用她的夜间的喧声来惊扰着邻舍，宣传着贫困，又发现了自己大动脉上的损伤。

我在这个时期内没有那么苦痛。伊萨培尔把我叫到公园里去。在凳子上，她对我说，她要用煤气来自杀，又说她不愿意被抬到一家药房里去。

她的思想踟蹰起来，像一只光天化日中的蝙蝠。

滑稽而又惨白地，她重说着：

"我是一条十字街……"

为要安慰她，我替她引了麦克斯，那位拉维尼盎路上的善良的拉封丹的这几行诗：

> 小海古勒发现他前途有两条路径：
>
> 一条通到恶，而另一条通到善。
>
> 要是他走了一条，他便无疑会发现
>
> 那些把他弄昏了的支路。

我有一天早晨碰到汪达。这是在圣伊西多罗坊。人们在建造商业银行的分行的时候刚发掘了一座预比德神庙。许多画报都有照片。这是散步的时机。天下雨，汪达是躲在一件浸不透的油布里，全身呈紫红色。

我正要埋怨她的专注的精神，她的聪明的舌辩，她的温柔而恶劣的态度，总之，一切都是为了伊萨培尔所陷入的圈套。

"你可不知道，"她说，"我是怎样认识伊萨培尔的？我纵然生着红头发，可是妒忌的却是她。她在伊戈尔的门前一直等到天亮。我走了出去。她并不认识我，便走到我面前来：

"'我要和你讲句话。'她对我说。

"我把她带到我家里。她留在那儿……我们有一个多星期不敢把这事情对伊戈尔宣布。"

环绕着芦苇的篱笆，那银行的最下层是出现了，在中间有一位刚被掘出来的，生两张面孔的预比德，冷酷而又威严，像是银行的总经理。

"你不喜欢听我的故事吗？"

"我很不高兴看见所有你们这些现代女子的种种不规则和不生产的情形。你们都是性欲机器。"

"你尽管非难吧……可是要相信我，伊萨培尔的一切游荡都只不过是注定来压服她的骄傲的苦行罢了。"

"你不过是一个温良的诡辩家。"我回答，正要离开她。

汪达把我叫了回来：

"你可真的觉得我有一种常青橡树的神气？"

那时候伊萨培尔发现了一个黑白杂种人。他的名字叫作杰克，而他的裤子是由一条装镍片的带子来束着的。他常用他的漆皮鞋的尖端和后跟在地板上描画一些人们很想辨认的魔文。他的指甲像是凝在指尖上的蔷薇色的水滴。无论向前或是向后，他都能很容易地叫他的羊毛似的头发碰到地板。他是一个拜物主义者，信奉着女人的提包。有人曾经看见他们一起在巴拉丁山上和爱克赛尔西奥的酒吧间里。

伊萨培尔刚要称赞他，我却占了先。

"你不必对我说他有一种野蔷薇的神气吧。"

她整天把他的名字写在一块块的纸上，随后又捻成小团吞在肚里。

不久之后，她便开始欢喜变质的酒精，烟叶饼，木屐快舞，最喧扰的军乐队，镀银的餐具，莓色丝缎的衬裤和百衲布的外衣。

"杰克爱我，"伊萨培尔会说，"他向我要信，要照片。他的皮肤上有瓷器般的斑点。他有握力极强的脚，能够像猫一般地倒爬下树来。他个儿很大……我们可以借用毕封形容大象的话，一个结实的怪物。他又会假造签字，又会舐锁。当他来看我的时候，他对我说：'我不拿一点你的东西是不能走的。'"

她加上说：

"我也爱他。他很擅于使用那种在快乐的时候发出来的温柔的秘密语言，那些能同样当作猥亵用的，并且因此才见其珍贵的、可耻的话。我们不久便像通过磁电似的缠在一块儿。假使我在你身边会失去知觉的话，那便只要他的黑色的大手一放到我的额上，头痛就立刻会停止的。而我的母亲却说我难管束！爱情的变更对于我的作用，就像空气的变更对于别人的作用一样。"

伊萨培尔是在什么时候和他发生关系的？我们从没有碰到过他。但是我们却接到了一些不具名的信封，里面放着我们的女友的怪诞的照片。仔细地一看，我们便发现她的头是黏凑起来的。我又在特拉斯德委尔的旧货商那儿发现过一只我所给她的手钏。

汪达对我说：

"昨天早晨，我在自己房里，我正在穿衣服，有人揿铃。因为是独自个在那儿，我没有去开门。

"'外边是谁？'

"门背后有人模糊地说：

"'放我进来，是一个朋友。'

"我还是不动。

"那人走下楼去，就完事。"

就在这时候，正如我前面所说，就在她的母亲离开罗马的时候，伊萨培尔不见了。我等着，以为她定然会很快地给我一点消息。一点消息也没有。她的失踪对于我有时是愉快的，然而却更会引起悲哀。当我们的朋友们喜欢把行动弄得非常诡秘的时候，我们便不再对这神秘感到兴味了。我积蓄着恐慌。一整天没有她，到晚上我的房间便会冷冰冰地接受我。我过着不耐烦的日子，悲悼人生的欺诈，急迫地混到街上的一群里去，在报纸的标题上找寻刺激，我是一个有知识的人，我不能使自己习惯于过一种今日所不能不过的生活，没有过去的经历，没有事前的考察，只时时刻刻要和疯狂搅在一起。

有一天晚上，我在一处平坛上碰到了伊戈尔和汪达。他们在格苏教堂的皱石边喝着一种番红花色的饮料。

伊萨培尔无论对我们之间的哪一个都没有报告过一些近况。

　　我只从按摩女子那儿听到汪达说，"她在城外租了一间屋子。第十二号房，在一所名字像酿酒场似的德国式别墅里。这是比民众门还要远，两座小山的夹缝里，在那儿有一座潮湿而遮满阴影的花园。"

　　伊戈尔打断了她的话。

　　"那主人可是从一部德国小说里出来的，有一顶黑的毛织帽和一脸满是蝙蝠的胡髭的吗？他可是住在中央的别墅里，四周围有恶狗在门边喘气的吗？正是这个人。我知道那地方，因为在那边拍过戏。"

　　"我们出其不意地上他那儿去吃饭，好不好？"我说，"真是意外的聚会。"

　　我们在车子里放着一些香槟酒，一只装水果的篮子和一基罗冰食物用的冰。

　　马应得在半山上就停止。

　　我们自己拿食品。栅门是开着。伊戈尔和汪达在阴影里狂笑，模仿着各种牲口房里的声音，又在他们的手上假作着亲吻的声音。

　　犬吠声惊醒了黑夜。我们在无花果树的半圆形下面找寻我们的路径。随后小路拐了弯，在叶子响动的竹树的帷幕前停止。这样会愈像一片草莽了，因为我们还听到狮吼声，为了那近边的波介斯别墅里的动物园。

　　一间白色的小屋子上有十二号字样。

汪达去扣门，起初是轻轻地，随后却用起劲来。我们喊着。一只田鼠逃过。我们挤在一起，不作声，被黑暗照花了眼睛，手臂上抱着瓶子，那块冰把我的手指都快冻掉。

伊戈尔提议绕过花园再进去。靠着一株无花果树的帮助，我们爬过墙，树上的果实很响地落下来。里面没有声音，也没有光亮。我擦旺一根火柴。它照亮了一座石级。门开着。我们把电灯开关捻了一下。一盏屋子中间的挂灯刺痛了我们的眼睛，把那房间浸在白天的光明里。我们嗅到一股麝香的气息。伊戈尔把香槟酒随地一放，走上前去。在卧房里，伊萨培尔是横陈在地上，裸体，不动，项颈四周有黑色的痕迹。

* * *

保尔·穆朗于一八八八年生于俄国。十三岁时即只身至英国牛津大学读书。一九一九年至法国，任职外交界，同时即开始其文学生活。他的作品，以讽刺的、绚烂的笔调，描写大战前后欧美各大都会生活，常能捉到最精微之特点。他的辞句每每好像是很艰涩而不易了解，但倘略一思索，便不禁使人折服其措辞之精妙。其著作有诗集《弧光灯》，小说集《夜开》《夜闭》《温柔货》《恋的欧罗巴》，游记《纽约》《伦敦》等数十种。

佳　日

约克·德·拉克勒代尔

"我们要不要把这匣子藏在他的饭巾下面，给他来一个出其不意？"

"不，我要把他叫过来，把这只表交给他，对他说：'昂利，这是我们——外祖母和我——送给你十二岁的生日礼。'你懂吗，我们不应该把他当作一个孩子看待了。这会使那小家伙心里不舒服的。上一次我就看透他了。"

那外祖父在那摆好了食具预备吃午饭的食桌周围兜着圈子，视察着一切东西。他猛然站住了，伸出手指指着，说道：

"这好像还是那个小酒盅……为什么不给他一个大酒杯呢？"

"你认不出这只酒盅了吗？这就是露易丝小时候所用的那只酒盅呵。我以为这会使他感到有趣。再则，他可以看出我们是想着他的母亲，我们不爱着她……"

最后的这几句话，她差不多是背转了脸儿用低沉的声音说出来的。他一句话也不回答，继续踱着步子。

　　这是一对怪相像的矮小的老夫妇。他们的身材是相等的，而他们的身体又都是同样地脆弱；他们的脸儿都是瘦削的；他们的目光都是沉滞的。我们可以说那同样的损伤，已把他们的原始的性格的外表消灭了。然而，在某一种骚动上，在一种昂起项颈来的特殊的态度上，我们可以从她的身上辨认出意志力的习惯的才能和抗争的好尚来。他呢，正相反，他踏着稳步子走着，显着贤明和专心的神气，有条理地摇着他的头，好像心中在计算一篇无穷尽的长账。他不时地站住，把他的两手像遮眼罩似的放在他的脸的两边，接着，使着一个小小的狭窄的手势，把他的两手向前伸一点出去，为的是限定他的视界的范围。

　　她已把这个酒盅拿在手里，把它在手指间转动着，凝看着那刻在酒盅上的数字。

　　"在露易丝生长病而不大吃东西的时候，我是把肉冻放在这里面给她吃的，你还记得吗？我现在也还看见她的那么瘦、那么瘦的小脸儿，俯在这个酒盅上……"

　　他点了一点头，瞬着眼皮，便又继续踱圈子了。

　　"现在恨我们、千方百计地使我们难过的人，竟会是这个女孩子吗？"她像在一种幻梦中似的凝看着这个酒盅说下去，"有时我想到了这件事，我总想不出会是这样的……因为她只知道想法子叫我们受苦痛。譬如说吧，为什么不让我们今天早晨到车站上去等里盖呢？"

她用一个大酒杯换了这个酒盅。沉默了一会儿。

"怎么，"那外祖父喊着，"你在他的椅子上，放了一个座垫！这是用不着的，我的好人，他身子比你更长啊。"

"哦！我的朋友，让我照我的意思来安排吧。"

"我再对你说一遍，一个小伙子是不欢喜这一切小觑他的小心的。"

他照着他的习惯的手势，对称地举起他的两只手，带着一种温和的固执答辩。

"一个小伙子，一个小伙子……他还是一个孩子哪……而且是一个没有一个人管，没有人怜爱，没有人照顾的孩子……当他到这里来的时候，我们应该让他得到自从他母亲只顾着那个无赖以来便更不给他的那种柔情啊。"

"千万不要在他的面前说这种话。"

"为什么呢？你以为那个人就会在那边不笑骂我们吗？"

"当然不啰，"他叹了一口气回答，"但是我们却不应该学她的样。上一次，当你对昂利说他的后父已破了产，险些去坐牢的时候，他脸红了，我很清楚地看出他听到这一类话是不舒服的。今天，我请你遏制一点吧。"

她突然地耸了一耸肩，接着流利地说：

"是的，是的，老是让步，忍受一切………这是你的办法。如果在露易丝跟那个男子走了的时候，我们要求法庭把我们的外孙交给我们管，那么里盖便不会在剧院的后台由一个下流的戏班理事管教了。那时他便和我们生活在一起，而且，虽然你觉得我的怜惜是可笑的，可是我总能够教育他。"

"我并没有这样说过，我的朋友，可是我们不应该把昂利也混到使我们和我们的女儿发生纠葛的那些不幸的事里去。他将要成人了，他将自己学会辨别什么是体面的，什么是不体面的。我有这个把握。"

那外祖父挺直了他的小小的身材。他的下颏被一个战栗所震动着。她凝看着他，接着便用一种温和而折服的音调说：

"是的，我很知道，安东。我克制不住自己……原谅我吧……我们是那么的不幸……而今天我又觉得那样的兴奋……我们差不多已有五个月没有看见他了……你想一想这件事吧……把这分离的苦痛加到我们身上来，这可不是恶不可赦的吗？"

她的声音是断断续续的。她用她的手帕去拭她的已潮润了的眼睛。他抓住她的两手，紧紧地握着。

"镇定点吧。今天，我们会快乐的。今天天气准会很好的。你瞧……"

他带着一种郑重的柔情对她说着，不知不觉地拉着她向着敞开着的靠园子的门走过去。走到了阶坡上的时候，他们站住了，抬起他们的头来。天是青色的，苍白而纯洁。一片云也看不见。在他们的瞬动而憔悴的眼睛中，显出了一种同样的希望的表情来。他们老是手牵着手，差不多是同声地、柔和地说着：

"好天气！"

他们的神气好像是两个看到了同样的狭窄的阳光的，囚牢中的伴侣。

那所只有一层楼的屋子，是夹在两个收拾得很整齐的园子中间。前面的那个园子，成着斜坡形一直达到一条路边。在路的前面，可以看见另一条平行的路，但是却更光耀、更平滑，那便是马尔纳河。另一个园子是用花坛装饰着的，一条条的耙得很干净的小径，把那些花坛划分着。靠着墙，一大丛的百合花正盛开着。在远处，东一个工厂的烟卤，西一所巨大的砖石的建筑，在风景间耸立出来，使人猜出这是巴黎的郊外。在不很远的地方，一道高高地横跨着河流的高架桥，把这幅画图一分为二。

"我应该上厨房去，"那外祖母说，"我不知道克洛蒂尔特把我们的甜点心做得怎样了。"

独自的时候，他小心地走下那通到园子中去的阶坡。他走到百合花边，把手放在背后，慢慢地嗅着花香。他显得很满意，摸着他的白胡子。接着，他拿了一把排列在楼梯下面的铁耙，动手去耙一条小径。有时他停止下来，而当他寂然不动的时候，他的脸色便显出了一种幸福和坚忍混合的表情。他不时地弯身下去拔一棵野草，或是翻一块石子。在他的一切的举动中，都有一种使他的举动优美的谦卑。我们竟可以说这是一个乡野间的圣人。

厨房中传出了人声来。那外祖母在那食橱上面的窗边露出头来。

"现在几点钟了，安东？"她喊着，"克洛蒂尔特的钟上是十二点钟。"

他拿出他的表来，摇动着他的食指，表示不对。

"十二点缺十三分钟。嘿，你瞧，快车开过了。"

食指是向高架桥那边指着。火车奔驰着，它好像漆得很光亮，滑走到顶端，便看不见了。

那外祖母离开了窗口，走到园子里她丈夫的身边来。

"我到厨房里去得很好，"她说，"乳酪是大稀薄了。"

她想把她的表重放到她的腰带边去，她的手指被颈圈缠住了。她顿着脚，性急地抽着链条。

"只有一刻钟了，"她说，"一刻钟之后，他就到了。"

"不要这样心焦，我的可怜的朋友。你从早晨起就没有安静过了。"

她深深地呼吸着，好像她实在是很疲倦了似的。接着她做了一个无可无不可的手势，使劲地抓住她的丈夫的臂膊，用一种露出沉痛来的深沉的音调说：

"你懂吗？安东，我只要求一件事，那就是在昂利自立之后让我再活几年。那时候，他会选定了他的家；他会住到我们这里来；而我们的晚境，便会是我们一生中最快乐的时光。"

"因为他的母亲不爱他，"她固执地说下去，"否则她会跟着她丈夫的班子，把他从这个旅馆带到那个旅馆吗？昂利的幸福，他的前途，自从她爱上了那个男子以来，便完全不在她心上了。啊！当然我也并不和露易丝的前夫说得来……可是那个家伙却爱他自己的儿子，而且关心他……"

他听着她，沉思的目光凝视着什么远方的东西。突然，他打断了她的话：

"当我想起了昂利的前途的时候，当我想到那坏教育或许会妨碍我们的外孙成为一个正直的人的时候……啊！你懂吗？我觉得我是什么事都做得出来的了……我觉得我会去扼死那个坏蛋。"

一片红晕飞上了他的秃顶而不大结实的头颅上，他的颤动的手指做着好像正要扼人的姿势。她看出了这全部的可怜的力量。

"啊？安东，你是多么地爱里盖！"

于是她出于感激，温柔地捏着他的手腕。

"我们到前面去等他吧。"她说。

他们走上了阶坡，穿过屋子去。厨房的门开着。那厨娘听到了他们的脚步声，便抬起头来。这是一个并不年轻的，可算得壮健的姑娘，她的青色的眼睛和又黑又浓的眉毛，使她有了一种敏感同时又强硬的神气。

"呃！昂利少爷现在不会再迟到了吧。"她用一种快乐而强有力的声音向他们喊着。

他们向她微笑着。

屋子正面的园子是朝南的，铺着一层鲜绿色的细草的草地，在阳光中闪耀着。那两个老人在门口站住了，固执地望着园子前面的那扇小铁栅门。他们并不谈话。一个长时间过去了。她又急促地取出她的表来看时间。那时，他用一种不真切的平静的声音说：

"天气多么好！"

她似乎并没有听见他的话。接着，在一个不安和暴怒的突然的爆发中，她喊着：

"他不来了，我有这个预感。他们并没有放他到我们这儿来……是的，那临时决定不让他来的是她，是露易丝，没有什么理由，只是要故意和我们作对……啊！我很清楚她的脾气！……在小的时候，她就是这样的。她不听我的话，只为了拗逆我她会心里高兴，也不想想她使我引起的苦痛……"

她的丈夫试想镇定她，但是她却不让他有说话的机会。

"是的……我比你更知道她一点……如果不是为了要使我们不快乐，那么为什么不让我们今天早晨去接我们的小外孙呢？'昂利将在正午到你们那里，用不着到车站上去。'这就是她信上的话，这个强势而没有良心的女儿。"

那个矮小的老妇人，挺直了身子，颤动着，好像是在和一个敌人顶撞。

突然，她停止了下来。她的胳膊依然还没有放下去。由于一种本能的确切的动作，她把她的脸儿向那什么也还看不见的路上伸过去。一个尖锐的表情在她的脸上显露了出来。

"他来了。"她很快地说。

接着不久，一个男孩子后面跟着一个女人，在栅门前显身出来了。

他是高大的，但却瘦削而无力。从他推栅门的态度上看来，我们竟可以说他是一点劲儿也没有。他的脸儿是圆圆的，可是因为他把脸儿垂倒了，又因为他的皮色是苍白的，这脸儿便显得渺小而没有任何奇特之处了。

为了和他的外祖父母招呼，他的脸儿才抬了起来。他并不难看，但是他的没精打采的神气，却毫无动人之处。他的外祖母已跑过了草地去把他拥在怀里吻着。

"里盖，我的里盖……"她一边爱抚着他一边说。

他先还吻了她。接着，他便让她去摆布，一动也不动，偷偷地望着远处。接着便轮到那外祖父了。他使着一个郑重而温柔的手势，把他的外孙的头捧在手里，吻着他的前额。

送这孩子来的女人站在后面。她穿着一件全黑色的衫子，可是很短，而且紧贴着身子。她的项颈是祖露着的，她的脸儿上涂着脂粉。那外祖母一眼就觉得已看透了这种娇态。然而她总还殷勤地向她点了一点头，对她说：

"谢谢你送了我们的外孙来。我希望这事不会绊住你一天，累你不能出去玩。"

"哦！不，太太，"那女仆回答，"可巧我有一个姑母住在伐兰，如果太太答应的话，我想今天下午去看她。"

"当然啰，"那外祖母说，"你回来领他乘六点钟的车回去。"

"露易丝太太叫我们四点钟光景动身。"

"可是你如果在吃过午饭之后到伐兰去，你便不能在那儿耽搁许多时候了。"外祖母带着一种一半同谋一半恳求的神气说。

那女仆露出了一片同谋的微笑，便向厨房那里走过去。

"里盖，你已长得那么高大了！"那外祖母揪住那孩子的项颈喊着，"你瞧，我的胳膊不够长了……你知道我们差不多已有六个月没有看见你了吗！……你也稍稍想起我们一点儿吗？"

他用一种缄默的肯定来作答。

"而且你的生日也没有接到我们的礼物而过去了……但是我们却并没有忘记了礼物。我们不愿意送去给你。你的外祖父现在就要把它拿给你了。安东……"

那外祖父拿出了那匣子来，打开了，把它放在那孩子的伸出来的手里。他道了谢，拿起了那只表细看着，而在他的长长的弯弯的睫毛间，一道美丽的光便向那两个老人溜了过去。

"这使你高兴吗？"那外祖父盯住了问。

"哦！当然啰……这是金子做的吗？"

“一点儿也不错，”那外祖父说，“这是一只真正的大人用的表。”

把那只表紧紧地握在手里，他向他们走上前去吻他们。

那外祖母牵住了他，温柔地抚着他，开始讯问起他来。

“我的孩子，我的孩子，把你所做的事情都讲给我听吧。你们在马赛住得好吗？你有一间漂亮的卧房吗？”

他懒洋洋地让人抓住了他的胳膊，有点忸怩地回答。他不喜欢马赛，他说，但是，在那他们住过一个月的尼斯，他却玩得很有趣，在意大利的圣雷莫和拉巴洛也如此……

他的话是慢吞吞地说出来的，一个手势也不做。他的脸儿老是寂然不动，他的嘴唇也不大翻动。那给他的话做手势的，倒是那渴望地看着他的嘴唇的动作的外祖母。她的满溢着兴致和热情的、起了皱纹的衰老的脸儿，听到了马赛这地名噘着嘴，听到了圣雷莫和意大利快乐地欢迎。然而，在这个欢乐的下面，不安和苦痛还是可以从她的眼里看出来的。

那外祖父移开了两步，带着一种殷勤而郑重的神气搓着他的两手。厨娘在门槛边出现了，她用一种习惯的声音通报中饭已预备好了。

“上桌去吧，上桌去吧。”那外祖父拍着手喊。

“里盖，你坐在那边，脸对着窗子，让我们可以把你看得格外清楚一点。”在走进饭堂的时候，那外祖母这样说。

那孩子，在坐到那指定给他的座位上去的时候，微微地战栗着，好像他是不喜欢光线似的。

他的脸儿，在这样地安放着的时候，便格外地显出他的面部的寂寞了。人们在那脸儿上一刻也看不见孩子们所惯有的活泼而天真的表情，就连羞怯的影子也没有。他向那使他感到兴趣的人或是东西慢慢地转过头去，长久地注意着，但是他的脸色却毫不改变。只有偶然从他眼睛四周的一个轻轻的颦蹙上，或是从他的在微微合下的眼皮间的有点女性的目光的溜动上，人们能猜度出这是他的不快或满意的表情。

"那么你的学业呢，昂利？"那外祖父问，"你的书念得怎样了？你对于读书感兴趣吗？"

这孩子冷淡地注视着他，用简单的几句话回答。他在马赛的中学校读了几个月书，后来便函授了。

"你的教师们满意吗？你分数好吗？"

一个小小的敌意的颦蹙，在他的眼上显露了出来。他向那女仆端上来的菜转过头去。那外祖父正要继续问下去，忽然看见他的妻子向他做着不耐烦的暗示，便缄默了。

"现在，"她说，"我希望你们在巴黎住下来吧。你妈妈的计划是什么？"

"妈妈很愿意住下来，但是她说不久又应该出门了。"

"真的！那么她还不能称她的意志做吗？"那祖母使着一种忿怒和冷嘲的混合的口气说，"谁阻止她呢？"

那孩子低头饕餮地吃着菜，一句话也不说。外祖母又踌躇地说下来：

"还有……还有你的后父呢……他待你好吗？你妈妈和他不吵嘴吗？"

他先做了一肯定的表示，接着便把头完全地弯倒了，露出他的没有梳齐的头发来，又递出酒杯去，让人给他斟酒。

在给他斟酒的时候，她看见了他的手。

"怎么，里盖，你咬你的指甲吗？"

不满意的颦皱又在孩子的脸上显露出来了。他试想把他的指尖隐藏起来。

"哦！这使我看了多少难过，"那外祖母说，"这是很难看的，里盖……可是——"她很快地补说下去，"我不愿意来责备你。"

为了使他不把这责备放在心上起见，她抚着他的咬得不成样子的指尖。

"天哪！你穿着的是什么？"她从他的腕上看见了一角红绿条纹的毛衫，拉它出来说着，"这难看极了……这是从哪里来的？"

"他们在意大利给我买的。行李留在尼斯的旅馆里，所以……"

他显得很狼狈，没有把他的话说完。

"这真太难了！"那外祖母喊着，"那么你没有衬里衣衫吗？"

"我们可以在回来的时候取我们的行李。"

她和她的丈夫互相长长地看了一眼。怎样的生活啊！他们想。沉默了一会儿，于是，那外祖父强作欢笑地说：

"对我说吧，里盖……你的旅行的最好的回忆是什么？你一定做过有趣的散步了吧。而意大利，那是一个美丽的地方啊！把你的印象说一点给我听听吧。你觉得什么最有趣？"

那个倾杯而饮着的孩子并不立刻回答，脸儿一半被酒杯遮住了，他把他们两人一个个地注视着。

"那只有在我演戏的时候。"他过了一会儿回答。

"你演过戏了？"那外祖母惊慌地举起手来喊着，"在什么地方？"

"在一个俱乐部里……但是那是一个真正的戏院，而我所演的又是一出真正的戏。"那外祖母的手重又落在桌子上。她把嘴张得很大，机械地问：

"哪一出戏？"

"一出在巴黎演过的很有名的戏。我的名字是查理。我在两幕上出场，而在末一次，我说着那些引得大家都笑起来的话。"

那外祖母带着一种要哭出来的声音讷讷地说：

"那么你对于这个感兴趣了吗？"

听到了这个问话，那孩子的脸色突然改变了。在他的颊上，两个酒窝儿凹陷了下去。他的眼睛发着光。他润着嘴唇，做了一个大手势。你可以觉得他是不能忍住他的话了。

"啊！当然啰！当我上台的时候，我有了一种很奇怪的感觉……我满意，满意，而同时我的身体战栗着。除了装在舞台边的电灯以外，我什么别的东西也看不见。幸而那戏里做我的母亲的女人把我牵在她身边，否则我便因为灯光的缘故连走也走不动一步了。过了一会儿，我习惯了，而在台下面，人们使劲地对我喝彩。我回到台上去答谢了三次。在演过戏之后，有人对我说，如果我愿意，我以后可以赚许多钱。"

他的声音特别地响亮起来。一道诚恳的光芒，甚至一种诗意，灿照着他的视线。可是在这视线碰到了那显得目定口呆的外祖母的脸儿的时候，那孩子便立刻停止了，垂倒了他的头，又摆出他的阴沉沉的神气来。

"你的母亲让你去做这种事吧？"那外祖母没精打采地问，"当她看见你上台的时候，她什么话也没有对你说吗？"

"她老是在后台。我在换布景的时候看见她。在第一幕之后，她对我说我太苍白了，她把胭脂涂在我的颊上。"

那外祖母用手掩着自己的脸，遏住了她的怒气。

午饭还没有吃完。那外祖母不断地讯问着孩子，同时也讯问着他的母亲、他的后父。她想打听出他们的生活的一切秘密。她的声音是急促的，有时是苛刻的，但是这尖锐的好奇心是好像解除了武器似的，而当那孩子回答的时候，那老妇人的因不安而抽着筋的脸儿，好像是一个听着别人描摹自己所不能看见的东西的盲人的脸儿一样。

那外祖父显得不赞成这种问题。他不时地问他的妻子，打着小小的谨慎的暗示。但是她不理他，而且，她有时候还向他怒视一眼。那外祖父狼狈地低下头去。那孩子看见了这种情景，但是他却一点表示也没有，继续慢慢地咀嚼着。

"里盖，"离桌的时候那外祖父说，"你愿不愿意我和你下午去划船？"

那外祖母立刻夹进来说：

"什么念头！我不让你把他带走……可不是吗，里盖，你不愿意抛下了你的外祖母吧？"

她在一张低低的椅子上坐了下来，把他拉了过去紧贴着她，好像害怕别人来抢了他去似的。

"我的里盖，今天我得到了你是多么的快活！……我想了长久了……"

感情使她的声音都颤抖了，眼泪流到了她的起皱纹的颊儿上。她并不把眼泪拭去。让眼泪给孩子看见，在她是一种快乐。

"但是我们也不应该让你受闷，"她活泼地说，"对我们说你愿意做什么吧。"

那孩子歙张着嘴唇，做着要表示一个愿望的神气。

"我不知道。"他过了一会儿说。

"不，不……我觉得有什么使你感到有趣的事，但是你却不敢说出来。"

他有气没力地耸了一耸肩，表示否认。

"嘿！我们瞧着吧。现在，你来看看我的百合花。"

他们走到园子里去。花木长成了密丛丛的一大簇，遮住了窗子的一部分。

"你的外祖母要我剪掉它，因为它遮住了一点客厅中的阳光。可是，如果剪了，"那外祖父解释着，"它便不会开出那么许多美丽的花来了。因为，你要晓得百合花是只有在自由滋生着的时候才最美丽、最繁荣的。"

他弯下一枝，把那盛开着的黄色的花球向孩子的脸边凑过去。那孩子嗅着，于是他的逸乐的目光便又显出来了。

"这边来吗？"那外祖父带着一种微妙的骄傲指着一个开着红色的花的花坛说：

"呃！你说我的花园怎么样？"

他携着他的外孙的手。那已经赶上了他们的外祖母，是站在孩子的那一边。他们一声也不响地站着，只抬头望着临近的一个园子中的那些有时飘动着的大树。虽然天色没有在正午那么的青，可是这总还是一个好天气。在被太阳所烘热了的空气中，甜美的香味和轻盈的簌簌声，像一个使心神沉醉的无感觉的操作似的传了过来。人们听到在远处有一个消沉在一阵笑声中的女子的喊声。一个男子的声音学着这种尖锐的喊声，于是那第一个声音又开始大笑起来了。这或许是在河上划船而过的一对夫妇吧，那丈夫准故意把船翻侧着，吓着他的妻子玩。

这一对老夫妇在一种温柔的宁静中玩味着这一切。他们的平静的脸儿是同样地倾侧着，绝不显出什么欲望。那外祖母用胳膊回抱着她的外孙的项颈，于是便不再动了。

那接受着同样的风光的爱抚，听着同样的声音的孩子，也寂然不动着。但是人们可以猜出在他的心头，有各种的秘密骚动着。他的上唇由一阵微微的痉挛而向上翻动着，人们可以看见他的两排牙齿是紧紧地并在一起，好像咬了一个绿色的果子似的。用着一种柔软的后颈的动作，他摆脱了他的外祖母的回抱。接着，他好像陷入梦中了。

"里盖，"那对于这个动作不安起来的外祖母说，"我要你对我们说你愿意做什么。"

他守着沉默。然而，在他的瞳子中，有一道短促的光芒耀着。

"我们去看强盗的屋子好吗？"他问。

"强盗的屋子？这话怎么说？"

"在几年之前一帮强盗躲避过的屋子。巡警把那所屋子包围起来，但是那些强盗却堵住了口子开枪。巡警于是不得不拆掉墙。"

"这故事谁讲给你听的？"那外祖母问。

"这是在到这里来的时侯，克拉儿在火车中对我讲的。她对我说那所屋子离此地很近，在高架桥下面。她从前去过一次。"

"哦！这真是胡说八道！"那外祖母用一种不响朗的声音喊着，接着她又用一种柔和的口气说下去：

"这所屋子现在已没有了，里盖，至少早已经重新建造过了。你什么也看不到……再者，看看那出过这种坏事的地方，你会得到什么快乐吗？"

"他们抵抗了两日。他们有时从窗口开枪，有时从屋顶上开枪。而当他们子弹没有了的时候，他们都自杀了，他们没有投降。"

在装着躲避和开枪的样子的时侯，他的手势很熟练，好像他已熟思了长久似的。

外祖父母带着一种惊愕而茫然的担心的神气望着他的手势，但是那外祖父向他的妻子望了一眼，说道：

"是的，是的，这是很自然的……在他那样的年龄，一个人总是梦想着打架和流血的。他血气刚强起来，他想试试他的精力……"

"里盖，"他一边摸着他的胳膊一边说下去，"我们来踢球好吗？在你的玩具中，还有着一个皮球。"

那孩子点了一点头。

"那才不错，"那个因为划船的意思已被打消而高兴着的外祖母说，"在这里玩吧，在草地上。"

"在草地上！……"那外祖父微微地表示反对。

"哦！你的草地！……人们竟可以说你把你的草地看得比里盖还重。"

她去找皮球，然后回来坐在草地旁边的一张圈椅上。在这个时候，用甘蔗架成的球门已插在地上了。那外祖父脱去了他的外衣，于是他们开始玩球了。

那孩子是粗暴的，但是却没有技巧。他使劲地踢着球，但他只使球转动着而没有把它踢远去。他似乎不高兴跑，站在他的一直露到膝边的细腿上，老等着反攻。在他的前面，那一切动作都准确的外祖父，几乎是比他更灵活。他倒退几步，举起手来直放在他的眼睛的两边，看准了，然后把球一脚踢出去。他带着一种孩子气的热兴游戏着。他微微地弯着腿，皱着他的灰白的眉毛，留意地注视着那孩子的动作。他有时上前去防备攻击，有时谨慎地回到他的原位上去。那外祖母眼睛不离开她的外孙。她鼓励他，又在他每踢一脚的时候喝彩。这种态度似乎使她的丈夫激起了一种妒嫉之心。他加倍了他的努力。我们可以看出他有一种胜过他的对手的强烈的愿望。在孩子那方面呢，球越踢得起劲他越粗暴了。他暴怒地踢着，连土块也被他踢起来了。他攻着他的外祖父，推着他。那外祖母看见了这种不耐烦的表示，心里不安起来。她把头摆动了一下，向她的丈夫暗示说："让他赢了吧。"可是那正踢得上劲的小老头子，却装作没有看见，继续地抵抗着。那孩子的脸儿因忿恨而痉挛着。那外祖母弄得一点也没有办法，在圈椅上坐立不安起来。突然，她想出了一个主意。看见那两个踢球的人正靠着一带花坛旁边抢球，她便喊着：

"安东，留心你的花啊。"

那外祖父抬起头来，停止了。

于是她赶紧说：

"唅，里盖，踢呀。"

那孩子趁着他的外祖父的疏忽，赶上前去，居然把皮球踢进了球门。

"哦！……"那外祖父望着他的妻子这样埋怨着。

"里盖赢了……里盖赢了。"她拍手欢呼着。

"可是这是取巧……"那老人可怜地申辩着。

她耸了耸肩，用自己的声音掩住了她丈夫的声音。

"好，里盖，"她说，"现在到我身边来休息一会儿吧。"

他们都走过去坐下来。那外祖父微微地喘着气，用手按住他自己的胸膛。但是她没有看见他。她弯身向着她的外孙，只顾说好话给他听。那孩子让自己的手臂垂挂在他的两腿间，拾起卵石，无目的地向前面丢着，一句话也不回答。

"哦！哦！"那外祖父过了一会儿说，"你瞧这片天真有点不妙。"

而当一只燕子在他们面前掠着草地飞过的时候，他继续说："这也有点不妙……"

一阵凉风吹过了园子。外祖母打了一个寒噤。她立刻把那孩子紧贴着她自己，免得他也打寒噤。不久之后，大滴的雨珠坠下来了。他们急急地回进屋子里去。

阵头雨一时不会停。这是春天的阵头雨，一时晴朗，一时又下着冰雹。他们先猜谜玩，可是那孩子并不显得感到有兴趣。现在，他们三个人都站在窗口，有点悲哀地在看雨了。那孩子把自己的前额贴着玻璃窗，嘴里唱着歌。他的呼吸在玻璃窗上蒙了一层水汽。有时他抛着手，因为他看见大块的冰雹打着百合花的叶子然后跃起来。

那两个老人带着一种同样的不安的神气时时地注意着他。"只要他不厌倦就好了。"他们这样想着。

"里盖，你要不要看看书等天晴？"那外祖父问。

他也不回头过来，把他的嘴唇贴着玻璃窗，嘬了一嘬嘴表示不愿意。

"我可以给你些你会感到有趣的书，"那外祖父说，"书里有冒险、打仗……你是欢喜这些的……"

那孩子又嘬了一嘬嘴。接着他慢慢地说：

"情形并不是相同的，因为这是书中的故事，这不是真的。"

说完他又开始哼起曲子来了。

在外面，一片低云已把天遮住了，因为那一半被百合花丛堵住的窗子，只漏进一点微弱的光来，屋子里是暗沉沉的了。

在这突然的暗黑中，沉默和无聊便格外来得显着了。那外祖母扮了一个失望的鬼脸。她拉着窗帘，移动一件东西，好像想要把光线和声音重新恢复过来似的。

"我有一个主意了，里盖，"她突然喊着，"你把那些属于你的一切东西检视一番。它们都排列在这个橱里。"

那孩子转过身子来，表示这个主意很合他的意思。那外祖母立刻跑到橱边去，把橱门开大了。

"你瞧，里盖，你瞧这一切属于你的东西。"

那是一架分成许多格的高橱。里面摆满了外祖父母从前送给他们的外孙的礼物。在下边，可以看见许多很大的方盒子，滚球柱，一杆小枪，一面武器牌。再上面一点，是图画书和一本邮票帖。这一切东西都是安放得整整齐齐的。

那孩子走了过去。他带着一种显然的满足看着他的所有物。他翻开了一个盖子，拿出一件玩具来。那外祖母满脸笑容地指点着他。

"你的木偶舞台是在上面，卸除了又包裹得好好的，这样免得弄坏了……后面是我们去年送给你的照相机。"

我们可以看出这些东西都是她亲手安放，而且她又时常欢喜去翻动的。

"这里，"当孩子继续检视着的时候她继续说，"是我的一角。我所最心爱的东西都放在这里。在这个小盒子里，有我的首饰……我的钱是在这个红色的钱袋里……这是一张你母亲在你那样年纪时候的照相……这本簿子也是我所宝贵的。这是一件你送给我的礼物。你还认识它吗？你瞧这写在封面上的字——里盖在八岁时所画的图，送给外祖母。"

快乐又在她的脸上显露出来了。她把那孩子紧贴着她的身子，而那孩子的目光，却似乎被她指给他看的一件东西所引动了。那带着一片和善的微笑赞同着这种光景的外祖父，来来往往地踱着步子。他在窗口站住了一会儿，开了窗，高兴地通报说天已晴了。那时那外祖母便出主意去散步，但是孩子却拒绝了。

"我愿意玩一种我的玩具。"他说。

"拿一件玩具到花园里去吧。你瞧现在天已多么地晴朗了。"

"不……我愿意在这儿玩。"他带着一种避人而固执的目光说。

他们马上依了他。他走到橱边去，把那些盒子看了长久，然后指着一个盒子。

"木偶戏。"他说。

那外祖父踮起了脚尖拿下那东西来给他。

"我来帮你装起来吧，里盖。"

"不，不，"他立刻回答，"我愿意自己来装。"

他跪在地上，把戏台的各片都拿了出来，然后又拿出了布景和木偶。那两个老人惊讶地望着他的一切动作，但是那孩子却显出不乐意的神气。他从下面望着他们，不慌不忙地做着他自己的事。过了一会儿，他站了起来，走到他们身边，用一种恳求的声音对他们说：

"你们可以让我一个人在这儿吗？……我就要完全安排好了。等我预备好了的时候你们再进来，那时我便演一出戏给你们看。"

同时，他吻着他的外祖母的前额。她被这种温柔所感动，把他按在她的怀里。

"好，我的里盖，"她说，"你要怎样我们就怎样。"

他很快地脱开了她的搂抱，而当那外祖父母走出房去的时候，他举动了指头对他们说：

"等我叫你们的时候再进来……"

在门轩中，那外祖母开了厨房的门。克洛蒂尔特独自个在那儿。

"那女仆已经走了吗？"那外祖母问。

"啊！当然啰！……她很急……"

"对呀，她曾要求我让她到伐兰去看她的姑母去……"

"哦？她不会走得那么远，"那肥大的姑娘用一种冷嘲的口气说，"他的男朋友在路口等她，而在这样的天气，他们准早已到什么地方去避雨了。啊！我不知道是否巴黎的女人都像她一样的，但是她却是一个本色的女流氓。她所讲的她的主人和家里的事，真是我从来也没有听见过的！"

"她讲了些什么?"那外祖母急急地问。

"在那边,老爷和露易丝太太不时地吵嘴……还有,钱不见了……还有,莫名其妙的人们常常到他们家里去……"

看见在她的女主人的脸上,显出了那样的一种苦痛的表情,她便想改口过来。

"总之,这完全是谎话。这是不值得再说给太太听的。这样的一个坏女人显然会造她的主人的谣言的!"

那外祖母走出了厨房。她挽着她的丈夫的手臂,一同走到屋子前面的园子里去。

他们跨着小步子走着,两人都默不作声,但是我们很可以看出他们是被他们刚才听到的话所弄得不安了。他们的眼睛老是垂倒着,好像在他们前面有一种他所不愿意看见的景象。在这个沉默之后,那外祖母发出了一声叹息。

"露易丝,"她用一种从回忆的深处升上来的声音说,"这以前是那么自负的露易丝!……"

"我们的这个小外孙生活在这样的环境中,那是多么的可怕啊,"她继续说着,"我们的这个那么可爱的小外孙,可不是吗?"

她向她的丈夫转过脸去征求他的同意,但是他却一味地摇着头。于是两人又沉默了。

这沉默使当天的许多情景在他们的心灵之中复活了。他们想到了他们的外孙的脸儿在栅门边显出来的时候。他们接着又看见了他的手势、他的面部动作。他们记起了他的话语。接着，当这些景象把他们带回到了现在的一刻的时候，他们便抬起头来，向四周望着。人们到处都可以看见阵头雨所造成的损坏。花坛上的花都被冰雹所打碎了，小径中的沙土都融化成一条条的泥沟了。

那外祖父看着他的园子。他弯身下去扶直一枝陷在泥泞中的花，但是花茎是已经断了。他叹了一口气，又挽着他的妻子的手臂，望着天，悲哀地摇着他的头说：

"我们以前是希望一个好天气的……"

她并不回答他，只挟一挟紧手臂，但这也是一失望的表示。接着，好像一个回到现实来的在沉梦中的恋女一样，那外祖母倾侧了她的头，阿媚地靠在她丈夫的肩上……

他们已在屋子的四周走了一圈，现在是来到那客厅前面的园子中了。

"里盖应该已预备好了。"她说。

他们悄悄地走过去，掩身在百合花丛中，向屋子里面望着。一个彩色纸板的戏台已竖立在客厅的中央。人们可以看见那戏台前檐上的小小的悲剧面具。那孩子是在客厅里，背向着啦。人们不大看得清楚他的举动。

"他在那儿干什么？"那外祖母问，"啊！对啦，我看见了……他正在橱里找寻什么东西。现在他已知道他的玩具放在那里，他便会放出他的老脾气来了……天呀！如果我们能够永远把他放在我们的身边，那是多么的好啊！"

那外祖父也在望着。突然，他显着吃惊的神气，把他的头更向前伸出去，用他的手罩住他的眼睛，以便看得清楚一点。

"他好像有躲藏起来的神气……我们可以说他预备叫我们来一个出其不意。"那外祖母又这样低声说。

突然，她惊骇似的向后一仰。她的睁大了的眼睛，她的张开了的嘴，她的整个失措了的面容，都在一种哑默的震骇中挣扎着。当然，在感到那铺养自己的心的东西失去了的一瞬间，一个生物的情境想是如此的……

那孩子把那红色的钱袋拿在手里，使着一种不安的动作，但却并不战栗，他在偷窃着。

* * *

约克·德·拉克勒代尔（Jacques de Lacretalle）是法国新进的心理小说家。一九一九年，他还是一个默默无闻的人，但在一九二〇年他的《若望·爱麦兰的不安的生活》（*La Vie inquiete de Jean Hermelin*）以及一九二二年的《西尔贝曼》（*Silbermann*）出版以来，他的声誉便一天高似一天，到现在，他已是法国文坛的巨子，而他的《西尔贝曼》《西尔贝曼之归来》（*Le Retorn de Silbermann*）等，也已成为法国现代文学的 classique 了。

　　他的著作颇受英国和俄国小说的影响，而给他更
强更直接的影响的，是昂德列·纪德（Andre Gide）。
他的著名的小说，除了前面所说的以外，还有《鲍尼
法斯》（*La Bonifas*）、《结婚之爱》（*Amour Nuptail*）、
《沙冰》（*Sabine*）和《订婚》（*Le Fianeaillis*）。

　　拉克勒代尔的特长是他的人物描写。他并不分
析，他只叙述。他选出一些语言和动作来给我们看，
比别人缕缕细说都更活跃。在形式上，他也达到了完
善之点，文学的纯洁、有力，在法国现代文坛上是数
一数二的。

　　本篇系自他的小说集《隐藏的灵魂》（*L'Ame
Cachee*）中译出，颇可以做他的作风之代表。

下宿处

伐扬·古久列

一

他应得在勃鲁塞尔下车。

他的行李吗？一种在德国和瑞士人们在星期日负在背上的绿色的囊。

他的护照呢？他已没有护照了。他到比利时来已受了注意，甚至一份报纸上也根据人体测定表把他的照片刊登了出来。

他三夜以来没有睡过。

从波孔到杜易斯堡，从杜易斯堡到爱斯拉沙伯，从爱斯拉沙伯到爱尔伯斯达尔他，从三个国境政治巡警的手下溜了出来。他的脸色很憔悴，而他的神经，因为太紧张了，是很兴奋。

他已不更思索了。他哼着有一夜在北海上从一个鲍尔多的工人那儿学来的小曲：

"在蒙多朋，有三个姑娘：

一个缝衣，一个把纱纺，

还有一个慢慢地，慢慢地，

赚雪白的大银洋……"

于是这便对付了一切，侵略了一切，又在到处铭刻着……

在客车通路里，在那发着强烈的尿骚臭和硫磺气的狭窄的小房间里，他曾经稍稍地把脸洗了一洗，但是他的胡子是长了，而他的衬衫又脏了。

男子们的目光使他不安，妇女们的目光使他烦闷。

他翻起了他的衣服的领口，又把他的袖口塞到他的衣袖的一直里面去。

没有替换衣衫。没有护照。他直站着旅行。他觉得还是站在通路上好一点，因为在那面那些走过的人们看见他的背后，又因为那些树木，母牛，草原和房屋都没有隔着玻璃窗把你来仔细端详一番的工夫。而且，玻璃窗贴着前额是清凉的。

他躲避那些闲坐着把什么东西都仔仔细细地看个不了的人们。

车箱载去了一城的刚在德国把肚子塞饱了的快乐的旅行家。火车说："Valutaschweine，Valutaschweine。"于是它便把他们摇动着，这样可以加快他们的假期的消化力。

那些人都是可敬的。检查过，证明过，打戳子过，像邮包一样。"Dokumenta?""Pässe?"你的护照呢？

　　他们都可以从欧洲的这一端回答到那一端……他却没有这个份儿。

　　他呢，他应该猜测那些眼睛，察看那些脚、手、包裹……

　　在一个人知道有巡警在找他的时候，他到后来总到处都看见巡警了。

　　在停车的时候，他便窥伺着，准备跳下车去，躲在厕所里，沿着月台逃，把带在身边的文件吃到肚子里去……

　　然而巡警并不高明，谢天谢地！

　　为了要不随着那从德国列车上流下来的人潮一起出去起见，那青年便在布鲁塞尔车站中徘徊着。从这一堆人飘流到那一堆人。他努力避过那些石碑似的比利时的宪兵，去把他的行囊交给行李房。

　　接着他小心地打道出去。一列郊外火车到站了。他混进人群里去，果敢地在两个守候着的巡长的呆木的眼下，把手插在衣袋里，离开了车站。

　　到了外面，他看见广场、林荫路、街道，天空都舒展了开来。他呼吸着，感到自己被那一种还按着他的奔跳的心的加急的节奏而发的内部的笑所摇动着。他点旺了一根纸烟。他摇摇摆摆地走着。

　　在布鲁塞尔他有一个地址，一个会在紧要关头把他藏起来的靠得住的同志的地址。

现在他觉得自己被一种耻辱而温柔的舒适所战胜了……在许多无名者中的一个无名者……布鲁塞尔的公民。为什么不是呢？

一种动物的友爱把他和在他周围活动着的一切联系在一起……

在他的头脑的里面，好像有一种恢复在披露出来。他在皮包里还有一点钱。一切都很顺当。他蹦蹦跳跳地穿过了广场。

一个穿着晚服不尴不尬地戴着一顶刺目的帽子的女人向他走了过来。

"心肝……"

在她的眼睛里，是有着一些他所没有注意到的衰颓和失望的神色。

只顾着他的自私的满足，他摆动着手臂，推着她的肩，凛凛然地说：

"别跟我来胡闹，大姐……"

定了货价的恋爱吗？嘿，算了吧！实际上……我们等着瞧吧。一种不逊的男性的反抗适当地顶撞了他。他跳上了一辆很小的街头汽车，舒舒服服地躺着，而那在男子们的伪善之潮中过惯了的做生意的女人呢，她向最紧急的需要那面漂流过去了。

后面有一方小玻璃窗，没有人跟他。汽车顺当地驰过去。在那软绵绵的弹簧坐垫之上，他感到舒适侵袭着他。别问事！

他是置身事外了。可是在他的深深的内脏的快乐和这种全身筋肉的疲惫之间，是有着那样的迫人的疲倦和那样的精神的恍惚啊。

而那个女人！啊！可怜的女人！她的运气多么的坏！像她那样的女人，他有时曾经转过念头的，在星期日的舞会里……但是那些娘儿们却是好得多……他笑了！他的脑袋可是有点儿傻气了吗？汽车上的那面小小的长镜子好像把他的肮脏的脸儿拉得格外长了……

"还有一个慢慢地，慢慢地，

赚着雪白的大银洋……"

他还是笑着。

实际上，他是差不多十分软弱无力的了。

那同志呢？他很认识他。两个青年人，男人，女人和一个很小的孩子。他们会给他一身新洗好的衬衫衬裤，给他做饭吃，给他铺一张床……

一张床！自从那充满了蚤虱和那荷兰私贩子的醉鬼的梦的可怕的一夜以来，他还没有在一张床上睡过。

一张床！

"明天早上呢，同志？咖啡呢还是朱古力？"那真出色！汽车驰着。他的行旅，他的脱逃，他的苦痛，一切都在一般降落到他的眼上的温暖的水汽中融化了，抹去了，消灭了。压在一头年轻的牲口上的睡意。

城中的东西他什么也看不见。只有那汽车的里程记数表的号码，显着大写的数字在他的脑筋中扩大了起来：5.483。

欧洲的汇兑的噩梦把他占据住了：5.483。什么？几百万？几十万万？卢布？克朗？法郎 "Wie steht der dollar heute?"[1]

他们经过了车子只好慢慢地开的人口稠密的区域，他们靠傍着电车走，他们和别的车辆并排走。汽车开进一条沉静的小路。那条路上一个人也没有。只有一头青色的猫，用着它的尾巴在一片白色的墙上画着辨不清楚的数字。

汽车停了。他下了车。在夏天的路上，他的脚清晰地跫然应响着。那条路有一个女人或是一种花的漂亮的名字。格莱曼丁吗？牡丹蔓吗？

那所屋子在这儿了，三十二号，两个门铃。他拉那第一个门铃，没有人回答。他拉那第二个，也没有人回答。

他或许把路弄错了，把门牌弄错了。

问谁呢？谨慎为是。

在隔壁的一扇门的门槛上，像一个装在镜框子里的肖像似的，一个戴着小帽子的矮小的老婆子在注视着。

奇怪的是她并不是聋子。

"房·贝易先生。"他高声地说。

那矮小的老婆子打了一个寒噤儿。

---

[1] 今天金圆市价多少？——译者注

"哎，先生，他正是住在此地，不过他不在家，他的太太也出去了。"她用一种轻快的声音说。

"好，我回头再来。"

他感到有什么东西在他心头挫落了下去。

那牵引着一个船上遭难的人的麻绳断了。他看见自己在布鲁塞尔的空间中挣扎着……

离那儿不远，有一条电车路线。

他把他的愤恨交付给电车的那两条平行的铁轨，于是，垂倒了头，他沿着那条路线走过去，一边小心地三块铺石三块铺石地跨着他的步子。

那正是吃晚饭的时候。他在某一个菜馆里，在那些正派的人们之间吃了一顿饭——点菜的。他肚子饿得实在太厉害了，没有空去观察那些周围的一切人物，只向右面望了一眼，向左面望了一眼。看去不像有巡警。他所喝的酒是从口里一跳跳到胃里，又从胃里一跳跳到脑袋里。那些好酒，在从北方的酒窖里拿出来的时候，从来也不是那么厉害的！一个疲惫了的身体之对于酒，正好像一大堆松针之对于一颗火星一样。他燃烧起来了。他感到有一种要对侍者说话的不可思议的需要。他忘记了他的胡须，他的肮脏的衬衫，他所冒着的危险，又忍受着那侍者的职业的不忠实。

他在桌上丢下了一笔太大的赏钱，一笔杀人犯的赏钱。

他从菜馆到三十二号做了一次轻松而乐观的散步，他差不多要唱起歌来了……他要这样地鬼鬼祟祟可真有点儿傻……实际上，没有一个人在监视着他。在那种违法的旅行中，一个人总老是疑心着许多许多的事情的。

九点钟了。

在他的同志家里是一个人也没有，而黑夜又把那矮小的老婆子关进去了。他并不十分困难地打定了他的主意，因为在布鲁塞尔他只认识一条路，他便又沿着电车的那两条发亮的铁轨，回到了他的出发点。

二

因为他必须消磨时间，他走进了一家电影院。他无差别地认为那些女招待都是肥胖的、金发的，而且是高傲的……

他起初对于一张海军的建筑的实事影片发生兴趣，因为他是老于此道的……

其次便开映一张美国的影片。

和那乐队的巨大的骚声比起来，他还是欢喜那映片机的电的音乐。

试想避开了那骚音，他瞌睡起来了。

那布满了小小的脚步声，香糖和橙子的气味的休息时间把他惊醒了。

十一点钟。

他想，现在正是回到他的同志的家里去的时候了。

他的消化力使他出了一身大汗。那使他的疲倦加重的朦胧的睡意把他的手、他的脚和他的眼睛都肿胀了。他的思想停止了，可是电影在他的心头勾起了诗意。他机械地念着：

"两条崭新的好棉被，牛奶串咖啡，同志聚首一堂，果子酱……"几个这顺口的韵在他的步伐中亲密地爱抚着他，于是他对自己说：

"我的老朋友，你变作诗人了……"

他断然感到有一种亲密、安稳和友谊的极大的需要。一家旅馆的金钱买来的款待使他生厌。

这一次，在拉门铃之前，他望了望闭着的遮窗板、关着的窗，于是他又提心吊胆起来。

他踌躇着。他本来是很想看见上面的灯光的。别管他，或许他们上床得早，已经睡着了吧？

他堂堂皇皇地拉了两下门铃，拉得很干脆。接着他接连地拉着。他们一定睡得很熟了。

在里面，门铃大声地回答着。

他敲着门，声音闹得很大，简直像是敲着一个极大的木鼓一样。

整所屋子从走廊间发出应声来。他退了一步，仰起头来看看是否一点火光也没有。

他喊着："房·贝易！"

已那么长久没有听到过自己的声音了，空洞的路上的他的回声使他害怕起来。

他似乎觉得他的声音用了那夜间的喧骚告发了他。

他努力镇静下来，站在门边，身子靠着木门，把铃拉了很长久，一直数到第五十次，然后像一头悲鸣着的狗似的，还失望地拉着。

突然，跟着一种铁器、磁盘和碎玻璃的声音一起，一扇窗和遮窗板打开来了，一个穿着衬衫的男子在三层楼上显身出来，在反光之中好像是裸体的一样。

他喊着，简直像是一个哨兵："是谁?!"

"对不起，我找房·贝易先生!"

"滚你的蛋。他不在家。"

于是那男子又把窗关上，使他一点希望也没有了，同时，那遮窗板吞进了一大串的弗郎特尔人的咒骂……

三

那时布鲁塞尔有一辆电车。

他可应该去找一家旅馆吗？怎样的旅馆呢？对于那违法的生存，人们总是推荐那些最大的旅馆。好吧。但是那一件衬衫，那一嘴胡须，那一只行囊，特别是那一嘴不尴不尬的胡须。

不，一个大旅馆不行。

那么一个小旅馆吗？一个很小的旅馆吗？也不行。靠不住的旅馆，那是常受巡警的检查的。检查，那是避之不暇的。

那么，一个中等旅馆吧。一个既不因富丽又不因寒碜而惹人注意的中等的旅馆，一种交车之处的旅馆，一种准会收容你，而你在那里又可以"随时饮食"的车站上的旅馆。

可是他应该到行李房去取他的行囊。电车开到了北站。要不要住在北站旁边。到南站去岂不是更好一点，那里是一个人也没有窥伺过他。

他的行囊从一个睡意朦胧的职员手里取出来之后，他打定主意到南站去。

电车重新又把他载了去，一路上停车，摇动着开车，卖票人喊着"票子"，在夜里十分精神抖擞。

在电车中，一个无邪地斜视着的男子使他不安。他以为自己被人侦察到了。使人不宁的是疲倦。

他努力和睡意斗争着。睡意是一个小小的黑斑痕，它从他的头脑的一角上出发，伸长起来，扩大起来，垄断着他，横暴地掩蔽着他。

他应该下车了，没有人跟在他后面下车来。

那是八月十五日。在林荫路上，夜市正在闹得很上劲。

那里有旋回的灯火，牛的脂肪和尘雾迷漫的连珠炮的气味。

游动木马在转着它们的最后的几个圈子，爆竹在发着它们的最后几响，而煎炒品也在冷下去了。

在小店里，许多人发着麦酒的气息。

一些高声说话的人，互相援着手臂，在路上显了出来，走到光的浴场里去，然后不见了。一个大风琴，放着气，在空中钻着空，还在那最后的电灯泡之下为一个绿色的虐杀之戏的葬式的婚礼奏着曲子。哦！这种溺死的人们的婚礼！

行囊是重的，但是车站却快到了。他走出了节庆的光轮。

他察看了一家旅馆，接着又察看了一家。他找着一家中等的旅馆。门面是最欺人的了。旅馆的等级是只有用鼻子从房间的气味中嗅得出的。

他选定了那家七省旅馆。

一走进门，那同样干瘪的一株绿色的小树和一位黄色的妇人，在一张破旧的地毯、一个假云石的账台和一架霉坏的楼梯之前招待着他。

他的进来抵得一句问话。

"没有房间了。"那不自然的女人一刀两断地说。

他一句话也不说，行了一个礼就走出去。

在外面，他觉到夜是格外厚密了。一个眯着眼的电灯招牌吸引了他。旅馆……旅馆……旅馆……在那灯塔之下，在一扇灯光明亮的小厅堂里，他看见窗幔后面寥寥有几个人在木制的桌子上吃夜点心。

那老板娘是一个红脸的肥胖的弗朗特尔人。在那面，人们在厚厚的盆子、牛乳罐和烟斗之间粗野地笑着，一个女侍者很欢迎地随便让一个高大的棕发男子和两个肥胖的金发男子拍着她的屁股。风俗画。

他叫了一瓶啤酒来开始。他们很殷勤地招待他。

于是他便照着比利时人的样子，努力使音调有点儿抑扬地问，他可不可以住在这里。

已经没有先生住的地方了，但是总还可以想想法子。如果先生愿意，那女侍者可以睡到阁楼上去，而把她的房间让给先生，立刻去换被褥。

那女侍者等待着一句风流的邀请或是一句谐谑话，可是先生并不说。哄笑的是在旁边的一堆人中。

先生有情地望着那从一个漆成朱古力色的柜里取出来的被褥。他玩味着它们的白色的香味，又高兴地听着那使木楼梯轧轧作响的那女侍者的腿的快乐的声音。

当那女侍者走下楼梯来的时候，他站起来预备上楼去。

"等一会儿，先生，"那老板娘说，"我们老板是在对面，在和别人谈话。他要回来把你的大号写在巡警的登记簿上去。"

巡警！可憎的字眼。实际上，一个名字是没有什么关系的。

他又坐了下去，而在他坐下去的时候，老板开门进来了。

他是肥胖、秃顶而充血的，穿着薄呢统的靴子，颇有兰勃朗特画里的射手们的那种好家伙的神气。

他一边进来一边用那出着汗的脑盖稍稍地招呼了一下……

"阿尔贝，登记簿。"老板娘说。

"在这里，在这里。"那个把登记簿从一个抽屉里拿出来又把它翻开了的阿尔贝说。先生站了起来，走到账台边去写一个名字。

"护照呢?"阿尔贝说，没有把照字说清楚。

"怎样?"

"护照。"他干脆地又说了一遍，勒住了那支笔。

"我……我把它忘记在拿穆尔了。"

"那么你没有护照?"

"没有，我原来是想住在朋友家里的。"

"那么，先生，我们不能让你住。这个，真的，我们没有办法……"

于是那老板便合下了登记簿，像放了一响手枪一样，是空枪。因为，当先生付了啤酒账出去的时候，老板和老板娘带着一片同情而可怜的和善的微笑送他出去。

当先生到了外面的时候，他觉得自己完全被摈弃了。他没有护照，而比利时却老是保留着那德国占领的猜疑的习惯。

他的冷了的汗把他从头到脚地湮没了。他的行囊拼命地压着他。他在那一堆旅馆的周围转着圈子，想再来做一度试探……

这一次，一位在纽扣孔上佩着一把做装饰用的彩色扇子的比利时英雄，把他赶了出来。

"没有护照！或许是一个德国鬼子，还带着那种囊！走吧！走吧！我不打电话报告警官还是你的狗运！"

那"德国鬼子"拿起了他的行囊走了出来，而在里面，那位英雄的愤慨还迟迟未歇。

在衰颓之中，他好像自己走下到一个要看得眼花缭乱的斜坡去……

那简直是人们所讲的在悬崖之上挂在一个树根上的人们的情形。

在通路上，他一味地回想着那个他曾经那么不客气地拒绝了的小娼妇：

"别跟我胡闹……"

那已经阑珊了而沉睡在那个营盘似的帐蓬里的节庆，迎着那些"德国鬼子"的失望的疲倦。

这一次，腰又酸膝又痛的，他又步行回到了北站，同时还一眼眼地看着那些髑髅似的停留处的灯火阑珊了的旅馆。

四

钟面说：两点钟。在车站的广场上，天气几乎是寒冷的。一匹柔懦的马在那里遗下了一堆在发着烟气的粪。

那些蔽身处，街灯，巡警，都从一片轻雾中显露出来，像是一些轴心。

大批的夜车到站了。在四周，许多娘儿们用着一种继续的动作在盘旋搜索。

那广场是一个时钟的机构和准确的齿轮的错合。

在广场上面，街灯的光轮像造虹的机器似的，成着广大的圈子，把广场错合到行星上去。

在下车的人走完了的时候，那些娘儿们的动作便格外加急了。她们奔跑到那个单身汉子那儿去，接着又回了过来，有规则地来往踱着，十分恼闷。

他呢，被怠倦弄得筋疲力尽，足踵钉在铺石上，站在铁栅边，像是一个等待着什么人的人。

他的心，广场，时钟，都在他的胸膛里和他的头里跳动着。

人们已不能走进那待车室去了，在那里，人们已睡得那么的好，或是在长椅上缩做一团，或是在长凳上伸得直挺挺的像死人一样。

他愿望有一个奇迹。他站在那儿，和别的人们在一起，和那或许侦察着他的到来的巡警在一起，他站在那儿，好像真有什么人要从车上下来找他似的。而他所等待着的却是他自己。

有时候，他竟差不多温柔地想起了牢狱……在一个牢狱中，是有一张床的。他差不多要说了出来："呃！是的，就是我。"

一个夫役来关铁栅，两点半钟。

还要等三个钟头才会天亮……

带着他的行囊，他的胡子，他的肮脏的衬衫和他的被疲倦所膨胀了的身体，他真是布鲁塞尔的街路的囚人了。

突然，他瞥见那广场的两个轴心活动起来了。

两个巡警一边谈着话，一边向他转过头来。

他知道还是走开去的好一点。

一家咖啡店还开着。在那荒凉的广场上兜了一个远圈子，他便向那家咖啡店走过去。

他颓然倒在一张轧轧作响的藤椅子上。

"小瓶啤酒！"

他看去这家咖啡店好像是呆笨而危险的。它完全是成直角成直线的。直线的凳子、桌子、镜子、木器装饰。他好像觉得他的柔软而袒露的头脑撞在一切的角上。接着他的眼睛开始沿着墙脚板眩晕地奔跑着，像耗子一样。这样地奔跑着，它们碰到了那端上酒来的睡眼朦胧的侍者。

酒杯是冷的，杯托是圆的。他抚摩着那只又湿又冷的厚酒杯，把啤酒一口气咕噜咕噜地吞了下去。

这真完得太快了。

咖啡店里满是些飘零者。过了两点钟，广场把他们抛到了此地来。他们在这里找到了一个富丽而辉煌的外表的嘲弄。

那些像他一样的飘零者，那些没有故事的失望，那些没有英雄行为的疲倦，那些意外的或是没有救药的厄运，无可再坏的贫困……

一些孤独而头发蓬松的单身的娘儿们，走过了门，倒身在凳子上。

这是最后一批的主顾。没用的男子们在扫除的时候来和纸烟蒂头，雪茄烟蒂头，撕碎的信和痰混在一起。

一些不肯放松的扫除者，突击着出纳柜边旁的店堂的后部，接着便分成散兵线很快地攻过来。

同样的，那些侍者们也开始把椅子叠起来了。

她们直挺挺地站了起来，纷乱了，爬在桌子上，用她们的脚威胁着那些电灯罩。接着那些灯泡消灭着那些镜子，熄灭了。

行动进展得很快。

那些飘零者一个一个地又飘浮了出去。

此后，那就要完了。他就要在天明以前避着巡警，从这条路到那条路地——向着那渺茫的市场——同着那已经使他的腿麻木了的睡意，徘徊几小时。

一种隐隐的啼哭的欲望侵占了这个人。现在，只有他一个在这各方面都被那些叠起的、敌视的、凯旋的椅子所包围的咖啡店里，在侍者们的不耐烦的目光之下。

他站了起来，差不多蹒跚着，走了出去。

在沿街的座位边，有一个穿着晚服又披着雨衣的可怜的女人坐在那里，也是单身一个人，面前放着一小杯啤酒。

他已经看见过她的悲哀的紫色的眼睛了。天哪！这正是在布鲁塞尔站上招呼他的那个，这正是当他以为征服了布鲁塞尔的时候被他所推开了的那个人……一种明确的懊悔袭击着他。

他慢慢地在她旁边走过。她并不把眼睛抬起来。他使了一个大劲儿，好像一个投水的人似的：

"姑娘，你要不要吃点什么？"

"要的，先生。"她说。

"你神气很不高兴。"

"哦！那就是因为我时运不济。"

"我也这样呀，姑娘，"他回答，"我也这样，偏偏……"或许她没有辨认出他吧。

因为咖啡店收市了，他们便决定到另外去，到一个可以"受用"鸡蛋或是啤酒的朋友家里去。

他们从后面的小门进去。

他们同坐在一张凳子上。

她要了一个煮鸡蛋和一厚片面包，煮鸡蛋快得惊人地不见了，他一定要她再吃一个。她望着他踌躇起来。她不愿意他花冤钱。叫人花冤钱是不应该的。她以为他还是不要把辛辛苦苦赚来的钱牺牲在她的口腹的要求中好一些。

他呢，他并不饿，但为了要怂恿她吃，便要了两个鸡蛋和一盘生菜。

因为有醋，那女人吃生菜吃得津津有味，又对于她的客人很满意。在他的身上，那越来越凶的睡意扩张到好奇心上、怜悯上、同情上去。

他是一向讨厌那煮鸡蛋，讨厌这种在林中亲如手足的欢谈的代价的。

他嚼着他的鸡蛋，但总咽它不下去。鸡蛋把他气都塞住了。睡意使他饮食无味了。虽则她对于他是什么话也没有问，他却对她说他是什么人。由于许多关系，他是和她不相上下的，但他却说了些无聊的谎话，把自己的地位抬得比她高。他需要别人对他发生兴趣。他是一个莱因占据军的军官，现在正在休假期中，因为赶不上夜车，他等着乘早上的头班车。

这些话在那个女人听来都似乎是无关痛痒的。

"在本地，在布鲁塞尔，"她只这样说，"我认识一个大战期中的下士，他是阿尔萨斯人。他名叫西蒙，你呢，你也是阿尔萨斯人？"她凝看着说。

他虽则含含糊糊，却并不否认。

他们碰了碰杯子，他们喝着啤酒，一小口一小口地。

在他几次三番地说他想睡了的时候，她懂得他急着想和她睡觉了。她觉得这是很自然的，因为她本来是做那种事的。

"我们就上我的家里去。你要晓得，我的房间是不漂亮的，但是我却住在自己的家里。我并不住在客栈里，我有我的家具。我会很懂得情趣，你瞧着吧。"

于是他们便走了出去。他呢，因为找到了一张法律以外的床而十分高兴，她呢，因为在过了时候还找到了一个主顾而十分满意。

在出来的时候她向老板射出去的目光说：

"你瞧我并不那么的丑。他啊，他看中了我。"

于是她感激着她的客人，那种感激使她入于恋爱之境。

那老板噘了噘嘴，好像在回答：

"呃，他是拣也不拣什么女人都好的，那个客人！"

五

"你懂吗？"一走出门她就转身倚在她的主顾的臂上说，"在这个时候，我还是有人伴着出来好一点……在这个时候巡警在找女人。"

在楼梯上，因为邻居，是不可以做出声音来的。

在房间里，当走进去的时候，不得不找出火柴来。

鲜明的夜色从开着的窗子间闯到那一间被床所塞满的小房间的深处。

一到了那里，那只水盆就发着一种清朗的声音拦住了那主顾的脚。他幸而没有把它踢破。

他踌躇地站在那儿，好像在一个洞口一样，从臭气上发现那间房间，眼睛呆看着黑黝黝的墙。

煤气发着哓哓的声音，光亮涌出来了。

在墙上，准对着这位主顾的眼睛，一幅大画像回答着。姚雷思[1]胡须四散着，做着不可一世的手势，在说话。

"这幅画像是你买的吗？"主顾说。

"是的，"她说，"长久了，这是姚雷思先生，他是被一个教士刺死的。他爱穷人……你大概不讨厌它吗……否则我可以把它翻一个面。"

"不……不……"

姚雷思在这里！

他不敢盘问她。

然而他很觉得那女人已把她所能说的都说了出来了："这幅画像是我买的。"

它在那里占着有圣水壶的耶稣和黄杨树枝的地位。

在床的上面。在这张床的上面！

姚雷思的出现把这个主顾的脑子像漂白布一样地绞着。"如果你要那么办，我可以把它翻一个面。"各色各样的主顾是有各色各样的意见的，可不是吗？

这就是姚雷思，做着一种挑战和保护的手势的姚雷思。

这主顾，一声也不响，两手靠在门上，不走上前去。

他的脸色一定很苍白了。他把眼睛移到那张床的污秽的纷乱上去。她跟着他的视线望过去，才安下心来。

---

[1] Jean Jaures，法国社会主义者。——译者注

"我就来换被褥，"她说，"安静点吧，我的洋娃娃。"他坐上去。

"你瞧着吧，"她说，"你瞧着吧……"

姚雷思，一大阵的思想奔驰进这个人的疲倦了的头里去。他是气尽力竭的了。

他的眼睛现在在这间房里，周游了一次。

处理得很好。那女子是一个好管家女人。

在陶器的火炉架上，你可以看见一张小照片。那是一个裸体的小孩子的照片，在嘻着嘴笑，俯卧在一条被上，举起了一只脚。那一边忙着铺床一边注意着主顾的她，微笑着。

"那是我的小女儿，"她说，"她现在在兰其比克附近，寄养在农民家里。"

床铺好了。

"我想洗一洗身子。"主顾说。

"等一会儿，我到下面拿水去。"

剩了他一个人的时候，他努力想把他的思想整理清楚……没有用，思想像纸板搭成的堡似的崩溃了。

他打开了他的行囊，拿出了那些梳洗用具：一块肥皂，一个牙刷，一方海绵和一把剃刀。

一份报落了下来。他没有留心。当他在大洗而特洗的时候，那女人在一只角隅上缝补她的衫子。你简直可以说这是一对晚上看电影回来的夫妇。

然而那女人却不时地停下针线来，向着床头小桌不安地望一眼。

最后，忍不住了，她站了起来：

"你答应吗？"

她拿起了那把剃刀，拿去放在那开着的窗子的外面的窗边上。他呆看着她。

疑心，疑心！然而他们有着同样的敌人。但是她知道吗？在法律之外，还有谨慎的法律，一种草莽的法律。

她并没有任何的解释。她本来就不愿意做一个无理的人的。总之不论他是杀人犯也好，不是杀人犯也好，那是与她无涉。但是她呢，她却不愿意被谋杀。

一个晕眩的新的世界走到了那主顾的疲倦了的头脑里去……他的躯体把他召回到理性去。

洗一洗身子真好。皮肤都有生气了。

没有牵挂的脚是快乐的。四肢都舒适了。但是又加上了怎样的疲倦啊！

水总是睡眠的好的先驱。当身体很疲倦了的时候，水便给它告一个结束。

那女人已睡在床上了。窗是开着，天气颇热，可以不用盖被。

他躺在她身旁。

她把衬衣一直撩到下颏边。

那个可怜的女人是畸形的。两只宽弛的乳房向她的胸膛的两边垂下去。一个多骨而太高的骨盆显露着衰老的肚子的皱纹。

二十八岁的年纪却有一个五十岁的身体。

况且他又不是为了"这件事"而来的。

他转过背去。

"晚安,"他说,"你熄灯吧。"

"你送我什么礼呢?"她失措了,这样回答。

真的,他把这事忘记了。

"你要多少?"

"平常你给娘儿们多少?"

他很想回答:"平常……一点儿也不给。"

他不懂得逢迎的话。

"你要多少呢?"

"四十个法国法郎。"她怯生生地说。

他懂得她在抬价。

他从床上跳下来。他还剩有两张二十法郎的和三张十法郎的钞票……

他争论了一番……她无论如何也不肯让价……

"你瞧着吧,我的漂亮的洋娃娃,我是那么样地知情味的。而且还是整整的一夜呢。"

啊!只要她能够闭嘴就好了!为了要解决,他把她所讨的价钱照数付了她。

接着他便躺下去，闭了眼睛。

"谢谢你，心肝。"她一边把钱放在衣橱里的衣服下面，一边说。

于是她便立刻开始其规规矩矩地赚她的工钱了。

可是，在他身上，那时他的奔走，他的行动，他的欺瞒，他的行旅，以及他的疲倦之过剩的慢慢的累积，已满溢出来了。

"别跟我闹，别跟我闹，够了！"

不要！这个可怕的身体，这张蹂躏过的脸，这张难看的嘴……他是太年轻了，太健康了，太疲倦了。

最后，在这间房里，还有着一些什么他所不能释明的另外的东西，一些什么麻烦着他的东西。

她呢，现在她却看中她的主顾了。

他是那么的可爱，她开始恋爱他起来，她希求着他，她为取娱于他而什么事都干……她固请着，像一只红蚂蚁一样的急。

"你就会瞧出来……哈……"

"让我睡吧，我已经把钱付给你了，让我睡吧。"

在他的头里，他的最难堪的记忆涡转着。在初等小学里，当教师在讲书的时候和瞌睡的挣扎；鼻子贴对着人群的臀部和风信子花束，直站在星期日郊外列车中和瞌睡的挣扎；在学徒时期，在喝了最初的开胃饮料之后和瞌睡的挣扎；再迟一些时候，在突击之夜，在雉堞上和瞌睡的挣扎；在必须整夜把文件销毁了和藏匿起来的家宅搜索的前夜和瞌睡的挣扎。

他支撑着，他收缩着他的颚骨，叹息着。但是他怕太伤触那女人的诚笃。

她的一丝不挂的可怜的身体，她的屈辱了的嘴，在他看来都是一种永久的责备。

他把她推开了一些。

"听我说，"他说，"别弄错，我这儿再加你十个法郎，不过你得让我睡。我要睡！我们瞧着吧，再过一些时候……明天。"

她抬起头来。

"我不合你的意吗？"她说，"我是丑的，我知道，好！"

"不是的，不是的啊，别跟我闹了吧。"

他轻率地向着她那方面放下了他的拳头，背过身子去，昏睡过去了。

那时她便蹲坐在床上，收拾起那在她的脚膝下面的她的衬衣，然后说起话来了。

"一切的人总还是人，"她说，"三天以前西茉妮刚满五十几。西蒙以前是在德国鬼子的军队里，但是他却是阿尔萨斯人，像你一样……

"你是像西蒙一样的好，你又是阿尔萨斯人。西蒙是在一九一八年在香巴涅战死的。你或许也在那儿过，在另一方面。

"我的可怜的孩子。有什么办法呢？他也很可能打死了你的，而你们两个人却都是阿尔萨斯人……那么怎样呢？

"在这里，你知道吗，有人杀死过许多女人。德国的兵和比利时的兵……他们时常杀死女人，为了要抢她们的东西。

"兵的饷银总是不发足，这是谁都知道的。那并不像巡警一样。那并不像那些屠夫一样。这儿有时有些屠夫来找我。呃！他们的工钱是比你们发得足，然而他们却只屠杀牲口的。巡警的工钱也是发得很足的……

"西蒙在世的时候，我有一间漂亮的房间。以后我就没有办法了。我不得不卖掉许多东西……那个女孩子……你懂的……

"现在，那可不像从前那样了。花钱……花钱……

"可是你不愿意和我好一好却总有点蹊跷。

"我是没有病的，你知道吗？

"不错，有一回有别一个像你一样的人来看我。他是伊克塞尔人，他叫我跪下来像对一位教士似的把我的客人们讲给他听。他叫我干的事就是这点点。在讲完了的时候，他拉着我的头发……可是他呢，他足足有六十岁了，而你呢……你是漂亮的，我的洋娃娃……你是年轻的……你是……"

她叹息着……

"而且我就要恋爱你起来了。"

于是她便呜呜咽咽地哭了起来。

他呢？他却呼呼地睡熟了。

她这样地哭了很长久。接着她想用冷水来润润她的眼睛。她便下床来。

在下床来的时候，她的脚碰到了一份报纸。她把它拾了起来，用手抚平它又折着它，因为她是爱整齐的。在折着那份报的时候，她看见有一张肖像刊在第一版上。

她踌躇了一会儿。

她认出了那张肖像。

"啊……"她惊讶着，于是她便在煤气灯的火焰之下看着那份报……

她把她那熟睡着的客人凝看了长久。她的眼睛回到那张照片上去……又回到那个人身上去。她使劲想了一会儿……

接着她便蹑足走上前去移门闩。

她走到床边，轻轻地溜到那熟睡的人的身边去，小心不触摸他。于是，竖起了耳朵，像看守一个病人似的，她等待着，张大了眼睛，从犯。

黎明已白茫茫了……

一片小小的响朗的钟声像银的陨坠似的在很近的地方响着……

那个人翻了一个身，醒了一半。焦燥……觉醒的麻烦……瞌睡的沉重……人声升了上来，柔和的，老旧的，近的，辽远的。

"那些臭尼姑，"那女人低声说，"那是夜课。我的心肝，你尽安息着吧，他们不会来的……"他平静地呼吸着，几乎没有听见……

那女人已不再啼哭了……她敛住了她的呼吸。她的披散的头发漫披在枕头上，微微地触着那个人的胳膊和手。

她折着被，凝看着她的那现在像一个孩子似的睡着的主顾。她抬起眼睛来望着姚雷思先生的肖像，像做一个感谢的祈祷似的。于是，也不管他听不见，她贴着她的主顾的耳朵喃喃地说：

"等你起身的时候，我要替你烧一杯很好的咖啡……哈……"

* * *

伐扬·古久列（Paul Vaillant-Couturier）是法国当代最前卫的左翼作家，共产党议员，雄辩家，新闻记者。他曾经入过狱，现在年纪还很轻，做着《人道报》（L'Humanite）的热心的社员，《世界革命文学》杂志的长期撰述者，法国革命文艺家协会的总秘书。他具有一种他所固有的、活泼的、有力的作风（这是我们可以从《下宿处》这篇短篇中看得出来的），这种作风使他在文学上有了极大的成就。

他的著作有《致友人书》（Lettes a mes amis）、《赤

色莫斯科一月记》（*Un mois dano Moscou-larouge*）、《兵士之战》（*La guerre des soldats*，系与 Raymon Lefevre 合著）、《没有面包的约翰》（*Jean sans pain*）等。他也写诗和戏剧。他的诗集有《牧人的访问》（*La visite dn berger*）、《十三个扮鬼舞》（*Treize danses macabres*）、《赤色列车》（*Trains rouges*），他的著名的戏曲是和穆西那克（*Leon moussinac*）合著的《七月老爹》（*Le pere Juillet*）。

《下宿处》（*Asile de nuit*）系从他的短篇集《盲人的舞会》（*Le bal des aveugles*）中译出。

诗人的食巾

纪尧姆·阿波利奈尔

被安置在生命的界线上，在艺术的边境，俞思丹·泊雷洛格是一位画家。一个女友和他同居，而诗人们又来望他。交替地，他们之中的一个，在那天花板上的臭虫能代替繁星的画室里吃饭。

在食桌上从来也不相遇的客人共有四位。

大维德·比加尔是从桑赛尔来的，他是一个归化基督教的犹太家族的后裔，正如那城中许多的家族一样。

患结核症的莱奥拿尔·德赖思，带着那种要笑死的神气，唾吐着他的受灵感者的生命。

眼睛不安的乔治·奥思特雷奥勒，像昔日的海尔古赖思似的，在十字街头的实体间默想着。

杰麦·圣费里克思是最知道故事的，他的头能够在他的项颈上转动，好像那项颈只不过是像螺蛳钉似的旋在身体上而已。

而他们的诗都是可佩的。

饭老是不完地吃过去。就是那一条食巾，轮流地给那四位诗人使用，却并不对他们说明白。

这条食巾，渐渐地，变成肮脏的了。

这里是在绿菠菜的阴暗的一长条旁的蛋黄。那里是葡萄酒色的嘴的圆圈，和一只在吃饭时候的手指头所遗留下来的五个灰色指印。一根鱼骨像矛一样地透过了麻布的横丝，一颗饭米已干了，黏在一只角上。而烟草的灰又把某几部分比别几部分弄得更黑了。

"大维德，这儿是你的食巾。"俞思丹·泊雷洛格的女友说。

"也应该买几条食巾了，"俞思丹·泊雷洛格说，"记住等我们有钱的时候买吧。"

"你的食巾很脏，大维德，"俞思丹·泊雷洛格的女友说，"下次我要替你换一条，这星期那洗衣服的女人没有来。"

"莱奥拿尔，拿着你的食巾吧，"俞思丹·泊雷洛格的女友说，"你痰可以吐在煤箱里。你的食巾多么脏！一等那洗衣服的女人替我拿衣衫来的时候，我就给你换上一条。"

"莱奥拿尔，我应该替你画一张肖像，画你正在吐着痰，"俞思丹·泊雷洛格说，"而且我竟还很想照样雕一个雕像呢。"

"乔治，我不好意思老拿这一条食巾给你，"俞思丹·泊雷洛格的女友说，"我不知道那洗衣服的女人在干些什么。她还不把我的衣衫送来。"

"我们动手吃吧。"俞思丹·泊雷洛格说。

"杰麦·圣费里克思，我不得已还拿这一条食巾给你。今天我没有别的食巾了。"俞思丹·泊雷洛格的女友说。

于是那画家在吃这一整顿饭的时候使那诗人转动着头，一边听着许多的故事。

于是几季过去了。

那几位诗人轮流地用着那条食巾，而他们的诗是可佩的。

莱奥拿尔·德赖思格外滑稽地唾吐着他的生命，而大维德·比加尔也唾吐起来了。

那条有毒的食巾轮流地侵入了大维德，乔治·奥思特雷奥勒和杰麦·圣费里克思，可是他们并不知道。

正如医院中的污秽的抹布一样，那条食巾染着那从四位诗人嘴唇间出来的血，而饭却老是不完地吃下去。

在秋初，莱奥拿尔·德赖思吐出了他的残余的生命。

在各不相同的医院中，像女人被逸乐所颠荡着似的被咳嗽所颠荡着，那其余三位诗人在相隔没有几天都一个个地死了。而这四位诗人都遗下了些美丽得像仙术幻化过一样的诗。

人们说明他们的死，说不是因为食物，却是由于饥饿和吟诗不睡。因为，单单一条食巾，在那么短的时期，真能把四位无双的诗人都杀死吗？

客人都已死去，食巾便变成没有用的了。

俞思丹·泊雷洛格的女友想把它卖掉。

她一边把它摊开来一边想："它真太脏了，而且发臭起来了。"

但是，那条食巾摊开了之后，俞思丹·泊雷洛格的女友吃了一惊，唤过她的男友来，他也十分诧异：

"这真是一个奇迹！这条你喜悦地摊开着的那么脏的食巾，靠了那凝结住而颜色复杂的污秽，表现着我们的亡友大维德·比加尔的颜容。"

"可不是吗！"俞思丹·泊雷洛格的女友喃喃地说。

他们两人都默然地把那个神奇的画像凝视了一会儿，接着，慢慢地，把那食巾转动着。

但是，在看见那正在拼命唾吐的莱奥拿尔·德赖思的要笑死的可怖的模样的时候，他们立刻脸色发青了。

而那条食巾的四角又显出同样的奇迹来。

俞思丹·泊雷洛格和他的女友看见了乔治·奥思特雷奥勒和那正要讲故事的杰麦·圣费里克思。

"丢开这条食巾吧。"俞思丹·泊雷洛格突然说。

俞思丹·泊雷洛格和他的女友像星球绕着太阳似的兜了许多圈子，而这条圣颜巾，用了它的四倍的目光，命令他们在艺术的界线上，在生命的边境奔逃。

* * *

纪尧姆·阿波利奈尔（Guillaume Apollinaire）本

名 Wilhelm Apollinaris Kostowitzky，于一八八〇年八月生于罗马。他的母亲是波兰人。他的教育是在摩纳哥（Monaco）和尼斯（Nice）接受的。他曾旅行过整个中欧，他曾发现了那位替他画肖像的关税员卢梭（Rousseau），立体主义和黑人艺术。

他是法国立体派的大诗人及其创立者，他最著名的诗集是《酒精》（Alcools）。除了写诗之外，他也写小说。像他的诗一样，他的小说也是充满了 Cosmopolitisme 的。他爱那些还俗僧、奇怪的教士、异端、沽圣者、各色的 outlaws，而他的小说的背景又是有时在华沙，有时在泊拉格，有时在莱茵河岸，有时在西班牙的。

这些，都在他的短篇小说集《异端及其一团》（L'Heresiarque et Cie.）中铺陈着。

这里的《诗人的食巾》一篇，就是从《异端及其一团》中译出来的。虽则不能代表他完全的作风，但这位把一个大影响给予法国现代文学的怪杰的轮廓，我们总能依稀地辨识出一点来。

克丽丝玎

茹连·格林

当她第一次飘入我眼帘的时候，

她是一个欢乐的幽灵；

一个送来做暂时的装饰的

可爱的仙子啊。

——华兹华斯

福特何泊路是差不多和暗礁的那条黑线平行着的，在路和那条黑线之间，有一片平坦而空旷的地带分隔着。一片暗淡的天，压在那除了几处地方有一些憔悴的野草的苍茫的绿色之外，就绝对没有任何草木的光彩显出生气来的。在远处，你可以看见一个灰色而发闪光的长长的斑点，那就是海。

我们惯常总在一所建筑在路后颇有一段距离的地方的高丘上的屋子里消夏。在那历史崭新的美国，这所屋子便被视为很古旧的了。实际上，你可以在那屋子的正面的梁的中部，看见一个铭记，证实这所屋子是在一六四〇年，在那些巡礼人在这蛮夷之域仗着火枪之力建立了上帝之王国的时代建筑成的。坚固地坐落在一个岩石的基础之上，它用那坚固的平滑的石壁和一个使人想起船舻来的简陋的三角墙来抵抗那从大海上吹来的风的狂暴。在一扇牛眼窗周围的铭记之处，可以看到这几个刻在那世上最坚硬的物质——罗德岛的燧石——上的字：唯上帝是托。

在这清教徒的古屋子里，所有的光景，我的心灵都保留着一个清晰的影像；所有的家具，我的手都会立刻辨认出那些隐秘和缺点。我相信，在走着那条有穹窿形的天花板的长甬道的时候，和重读着那挂在门上的，一个孩子的手臂所不容易动移的从诗篇里节引下来的用粗体字写的格言的时候，我会感到很像往时一样的快乐和那像往时一样的恐怖。

我记得那屋子里的各房间都是那么的宽敞，好像是空房间一样，而且在那些房间里，人声有一种在城里、在我们波士顿的房屋里所没有的音。那可是一种回声吗？声音好像敲着墙，而且你会有一种有人在旁边把你所说的话的最后几个字重说一遍的印象。起初我觉得这很有趣，后来我就把这事讲给我的母亲听，她叫我不要去注意，但是我竟看出在那所屋子里她自己也比平常少讲话，就是讲的时候也比平时更轻。

我十三岁时的夏天是划刻着一个颇有些奇怪而且很困人的事件，以致我从来也不能决心去阐明它的全部神秘，因为我觉得它准会包含着这远甚于我所想象的悲哀。有时可不是还是把实情放过了好一点吗？这使那种谨慎并不总是好的。然而在以后你就会知道的那种场合中，它总还一定比一个探讨的鲁莽的气质乖觉一点。我快要到十三岁的时候，有一天，正是一个八月的早晨，我的母亲通知我说我的姨母茹提德到了。那是一个可以说是谜一般的女人，我们几乎从来没有看见过她，因为她住的地方离开我们很远，是在华盛顿。我知道她曾经很不幸的，而且为了那些别人没有对我解释过的理由，她不能够嫁人。我不欢喜她。她的那有一点儿凝定的目光，使我垂倒了眼睛，她还有一种使我不快的哀伤的神色。她的容貌是齐整的，像我的母亲一样，但要比较严肃一点，而且还有一个嫌恶的奇怪的表情，使她的嘴角向上耸成了一片充满了酸辛的一半的微笑。

几天之后，我下楼到客厅里去，看见我的姨母正在和我的母亲谈话。她不是独自个来的。一个和我年岁相仿佛的小姑娘站在她旁边，但是却把背脊向着阳光，以致我最初瞧不清楚她的脸儿。我的姨母看见了我便显得狼狈，她急急向我的母亲转过头去，很快地对她说了一两句我不能听到的话，接着她便推了推那小姑娘的肩，于是那小姑娘便向我走上一步，向我鞠躬行礼。"克丽丝玎，"那时我的母亲说，"这就是我的小孩子。他的名字叫若望。若望，和克丽丝玎拉一拉手吧，去和你姨母亲一个嘴。"

　　当我走近克丽丝玎去的时候，我几乎要失声惊叹出来。虽则在我当时的那种年龄，美已常常使我激发起那些最强有力和最复杂的情感了，结果是我心头起了一种内心的交战，使我在一刻之间由欢快转到期望，又从期望转到失望。因而我希望着，同时又恐惧着，去发现这种会使我苦恼又会使我狂喜的美。我去找寻它，但却带着一种苦痛的不安和隐秘的热望，只怕找不到它。克丽丝玎的美使我神魂颠倒了。在反光之中，她的眼睛显得是黑色的，而且被她眼皮周围的暗影所扩大了。嘴在一片致密纯净的皮肤上烘托出有力的轮廓来。一圈巨大的金发的光轮，似乎把那从窗户间照进来的全部的光线，都收容在它的深渊之中，又使她的前额和颊儿有了一种差不多是非人间的色泽。我默默地凝看着这个小姑娘。如果我没有把她那只向我伸过来的手握在我手里，我是准会要把她当作一个幽灵的。我的凝视并不使她垂倒了眼睛。实际上，她好像并没有看见我，而只固执地定睛看着在我后面的什么人或什么东西，弄得我手忙脚乱起来。我母亲的声音使我恢复了原状，于是我才去和我的姨母亲了一个嘴。她就带着克丽丝玎告退了。

　　就是在今天，我还很难相信那我正要讲出来的事是否是真的。然而我的记忆是可靠的，而我也一点不锦上添花地乱造。我以后就永远没有再看见过克丽丝玎，就是算再看见她过一二次，也是很模糊地看见的。我的姨母总是不带着她独自个下楼来了，她不来和我们一起吃饭，她下午也不到客厅里来了。

在傍晚的时候，我的母亲差人来唤我去，叫我不要睡在二层楼（我那时是睡在二层楼的），却睡在那离克丽丝玎和我的姨母所住的客房很远的三层楼上。我说不出我当时心里怎样。如果办得到，我会很意愿地相信我是做了一个梦，而且，如果我知道那只是一个幻影，而那个我以为看见过的小姑娘是不存在的，那我就会多少快乐了。因为想到她和我住在同一所屋子里而我不能看见她，那实在是异样的难堪的。我请求我的母亲对我说，克丽丝玎为什么不下楼来吃饭，可是她立刻板起了脸儿，回答说我不必晓得这些事，我以后永远不得对任何人说起克丽丝玎。这个奇怪的命令可真把我弄得糊涂了，一时我心头自问着是母亲神经错乱了呢，还是我神经错乱了。我把她所说的那几句话在心头辗转思量着，可是我总百思不得其解，我所能得到的唯一的解释便是她出于一种恶意，故意要使我苦痛。在吃晚饭的时候，我的母亲和我的姨母，为了要使我听不懂起见，开始用法文谈话起来了。那是她们所熟稔的语言，但是我却连一个字也不懂。然而我却懂得她们是在谈着关于克丽丝玎的事，因为她的名字常常可以在她们的谈话中听得出来。最后，我忍不住了，我便突然地问那小姑娘怎样了，她为什么不出来吃午饭又不出来吃晚饭。回答是在我母亲的一个耳刮子的形态之下给我的，她用这个方法来使我记起她所咐吩我过的一切话。至于我的姨母呢，她皱了皱眉毛，那样子看起来真可怕。我缄默了。

可是这个小姑娘究竟是谁呢？如果我那时候年纪大一点，观察得深一点，则我无疑地会注意出她的容貌上的特点的。那种凝定的目光，我可不是早已经认识了的吗？我可是不曾看见过任何人有这种好像是微笑却又不是微笑的难以形容的噘嘴吗？但是那时我却尽想着别的东西，而没有去研究我的姨母的脸儿，我是太天真了，简直不能发现那在我当时觉得是可怖的那女人和克丽丝玎之间的关系。

我要把此后的两星期略过不提，单来说这件故事中的最奇怪的那部分。读者会不难想象出我那从前是平平静静而现在却十分难堪的孤独的烦怨，想象出我因为和那我觉得会为了她而死心塌地牺牲了我的生命的人儿分隔的伤痛。好几次，在屋子周围徘徊着的时候，我总起了一个引起克丽丝玎的注意，把她引到窗口来的念头，可是不等我掷几块小卵石到她的窗上去，一个严厉的声音就把我唤回到客厅里去了，我受着一种严谨的监视，我的计划便老是失败了。

我改变了，我变得阴郁，而且对于什么东西都不发生兴味了。我甚至不能读书或是做什么必须留心注意的事了。现在，只有一个思想占据着我：再看见克丽丝玎。我设法在我的母亲、我的姨母或是那女仆媢娜送午饭或晚饭给克丽丝玎去的时候，在楼梯上遇见她们。当然啰，她们是不准我跟在她们后面的，但是听着那些一直走到她身旁去的那些脚步声，我却感到一种忧郁的欢畅。

这种无邪的行为使我的姨母不快。我相信她在我心头猜测出许多我自己也不知道的意向。一天晚上，她对我讲了一个关于她和克丽丝玎所住的那一部分屋子的可怕的故事。她告诉我她曾经在那条通到她们的房间去的甬道中看见有一个人和她擦身而过。是一个男子吗？是一个女人吗？她说不出，但是她可以断定说的，是她曾经感到有一片热的呼吸扑到了她的脸上。于是她又长久地凝看着我，好像是估量她的话语的效果似的。在这注视之下，我一定脸色发青了。用这一类的故事来吓我是很容易的，我觉得这一个故事十分恐怖，因为我的姨母是早已有了分寸了，她既不说得太多，又不说得太少。因此，到克丽丝玎房间里去的那种念头是提也不用提起，从那个时候起，如果天一黑，我就连楼梯上也不敢走了。

我的姨母到来以后，我母亲每天下午总差我到福特何泊去，简直成了一个习惯，名义是叫我去买报，但实际上她却可矢口说是故意叫我在一点钟的时候离开了屋子，让克丽丝玎出来散一回步。

这样地经过了长长的两个星期。我脸上血色也没有了，而紫色的暗阴也在我眼睛圈上起来了。早上，当我去看我母亲的时候，她留意地凝看着我，有时候，她突然握住了我的手腕，用一种有一点发颤的声音说："可怜的孩子！"但是这种愤怒和这种哀悲都并不使我感动。我只挂虑着克丽丝玎。

暑假快要完结，我已把再看见她一次的希望完全失去了。

正在这个时候，有一个我意料之外的事给了这奇遇一个意外的转机，同时又做了一个兀突的结束。九月之初的一天晚上，因为酷热了一整天，便做起大风雨来。当我上楼到我的卧房里去的时候，头几点雨点敲窗作响了，正在那个时候（那时我正在从二层楼走到三层楼去），我突然听到了一种特别的声音，除了擂鼓声之外，我什么也不能拿来比拟它。我的姨母的故事回到了我的脑筋里来了，我便急急地跑上楼去，可是突然有一个喊声使我停止了。这既不是我母亲的声音，又不是我姨母的声音，却是一种使人想起一头野兽的呼声的，那么尖锐，那么高，而声调又那么奇异的声音。我的头眩晕了，便靠身在墙上。我怎样也不肯向后退一步，可是因为向前走同样也是不可能的，我便老站着那儿，吓呆了。一会儿，声音愈来愈猛了，那时我才懂得那是一个人，无疑是克丽丝玎，为了那些我所不能深悉的理由，在用拳头敲着门。最后，我鼓起了一点勇气，并不是去寻根问底和去帮助克丽丝玎，却是拼命地跑上楼去。到了我的卧房之后，我好像还听见刚才的那种擂鼓声和呼喊声，便倒跪下来，扪住了耳朵，开始高声祷告起来。

第二天早上，在客厅里，我看见我的姨母流着眼泪坐在我母亲的旁边，我母亲握着她的手在和她说话。她们两人似乎都动了情感而没有注意到我。我便趁着这种好机会来发现些关于克丽丝玎的事，因为她们一定是在谈着她，因此我就偷偷地在这两个妇人后面坐下来。这样，几分钟之后，我听出昨夜的大风雨很严重地使那小姑娘起了病。在头几声雷响的时候受了惊，她呼喊，她想走出她的卧房，后来却晕倒了。"早知如此，我就不该把她带到这儿来了。"我的姨母高声说着。于是她又用一种我所不能描摹的音调直接地说："她想对我说什么话。"好像这几个字要弄死她似的。

两小时之后，我还在自己的房里，我的母亲忽然披着出门用的风兜和一条贝斯莱的长围巾走了进来。我从来也没有看见她神色如此严重过。"若望，"她对我说，"你姨母来的那天你看见过的那个小姑娘，克丽丝玎，现在生了病，我们都很焦急。听着，今天下午我们两个人都要到泊洛维当斯去请医生去。克丽丝玎耽在家里，有媞娜照顾她。你可以答应我在我们出门的时候不到克丽丝玎卧房边去吗？"我答应了。"这是很严重的，可是我相信你，"我的母亲又说下去，一边带着一个怀疑的神色注视着我，"你可以对着圣经发誓你不走到二层楼去吗？"我点了点头。午饭之后几分钟，我的母亲便和我的姨母一同出发了。

我的第一个冲动便是立刻跑到克丽丝玎的房里去，可是思索了一番之后，我踌躇起来了，因为我天性是迟疑的。最后，欲望战胜了。于是，在确实知道那在一小时之前把午饭送到克丽丝玎那儿去的媞娜已经回厨房去了的时候，我便走上二层楼去。

当我到了那出鬼的或是据说是出鬼的甬道口的时候，我的心便狂跳了起来。那是一个有许多曲折的非常阴暗的长甬道。甬道口装饰着一块圣经的铭文，这时那铭文便在我心头有了一种特殊的意义："当余行于死亡之幽影之谷时，余不畏众恶。"这节我机械地重念着的诗句使我记起了我曾经答应我不做这我现在所做的事，然而我却并不曾对圣经发过誓，于是我的良心也就稍稍平静一点了。

我刚向前走了几步，就不得不克制住我的想象，免得害怕起来而退回去。我就可以重见那小姑娘和再碰一碰她的手的思想支撑着我。我踮起了脚尖跑着，屏住了呼吸，害怕着那无尽的甬道的长度。于是，在我已什么也看不见了的时候，一刻之间我就撞在克丽丝玎的门上了。在我的昏乱之中，我并没有想到敲门，却试想把门弄开来，但是门却是锁着的。我听见克丽丝玎在房间里走。听到了我的声音，她便走到门边来。我等着，希望她来开门，但是她却站住了，一动也不动。

我敲着门，先是轻轻地，后来便使劲敲了，但还是没有用。我喊着克丽丝玎，我对她说着话，我对她说我是茹提德姨母的侄儿，说我有点正事非开门不可。最后，断了得到回答的希望，我便在门前跪下来，从锁眼中望进去。克丽丝玎是在离门后几步远的地方直立着，留意地望着门。她身上披着一件长睡衣，一直垂到她的脚上，我可以看见她的跣足的足指。她的没有簪着梳子的头发是纷披在她的头的四周，像是一片鬣毛。我看见她的颊儿是发红的。她的那双在射到她脸上的光线中呈着鲜青色的眼睛，有着那种我没有忘记的凝视，那时我便起了一种奇异的印象，觉得她能透过门板看见我，而且在观察着我。我看来她是比我从前所想的更美丽，这样近地看见她而不能倒身在她的脚下，真使我发狂了。最后，我被一种长久含忍着的情绪所克服了，便忽然流下泪来，用头撞着门，我竟到了绝望的地步了。

过了一会儿，我心里忽然起了一个念头，这个我以为是很巧妙的念头，使我又有了勇气，因为我并未想到它会铸成大错的。我拿了一方纸片从门下面塞进去，在纸上，我涂了这几个大字："克丽丝玎，给我开门，我爱你。"

我从锁眼里看见克丽丝玎跑过来把那张纸拿了去，带着一种非常好奇的神色把那张纸顺看着倒看着，可是并没显出懂得我所写的字的神气来。突然，她让那纸片落下地去，便走到我的眼睛所不能看见的一隅去了。在我的痴狂之中，我拼命地喊着她，差不多自己也不知道在说什么，我答应，她如果肯给我开门，我就送她一件礼物。我偶然说出来的这几句话使我的心头又生了一个新计划。

我急急忙忙地跑到三层楼我自己卧房里去，在各只抽屉里翻着，想找出一点什么东西来做礼物，可是我什么东西也没有。那时我便冲到我母亲的卧房里去，仔细地翻着各衣箱，可是在那里我又找不到什么赠送克丽丝玎的东西。最后，我看见了一只箱子，靠墙放着，在一件家具的后面。那是我的姨母带来的箱子。无疑的，她们觉得把这箱子放在一间有一个好奇的小姑娘的房间里是不妥当吧。这箱子没有上锁，我只要揭开箱盖把我的发热的手伸进去就是了。找寻了一会儿之后，我发现有一个鲨鱼皮的小钿盒好好地藏在衣衫的下面。我现在也还多么清楚地记得！那钿盒衬着水纹绸的里子，盛着几条彩色的丝带和几个指环。有一个指环立刻使我中意了。那是一个很细的黄金的指环，镶着一粒小小的绿玉。这指环中套着一卷的信，好像是一个纸做的手指，我把这卷纸拉出来，拉碎了。

　　我立刻重新回到克丽丝玎的房门口去，我喊着她，可是除了使她像前次一样地走到房门边来之外，依然没有什么别的效果。于是，我把这指环从门下塞进去，一边说："克丽丝玎，这是送给你的礼物。替我开门吧。"接着我用手掌在门下面敲着，使克丽丝玎引起注意，可是她已经看见了那个指环，而且已经拿起了它。一时她把它放在手心里，仔细看着它，接着她便试着把它套到她的大拇指上去，可是那指环并不大，套到指甲下面便套不下去了。她顿着脚，想用力套它进去。我向她喊着："不，不是这个指头！"但是她没有听见，或是听不懂。突然，她摇动着她的手，指环已套了进去。她把它鉴赏了一会儿，接着她便想除掉。她用尽全力拉着它，可是没有用，那指环一动也不动。克丽丝玎暴怒地咬着它。最后，经过了一番绝望的努力之后，她便倒在她的床上，发着暴怒的喊声。我逃走了。

当三小时之后，我的母亲和我的姨母请了一位泊洛维当斯的医生回来的时候，我是在我的卧房里，陷在一种无名的恐怖之中。在吃晚饭的时候我不敢下楼去。天一黑，我就睡着了。

第二天早上五点钟光景，一阵车轮声惊醒了我，又吸引我走到窗边去，于是我看见有一辆双马马车一直来到了我们的大门口。此后的一切情形都使我有一种噩梦的感觉。我看见我的女仆帮着那马车夫把我姨母的箱子放到车顶上去，接着我的姨母靠着我母亲的扶持着她的手臂出来了。她们接吻了好多次。一个男子跟在她们的后面（我猜那就是在我们家里过夜的那个泊洛维当斯的医生），握着克丽丝玎的手。她披着一个大风兜，把她的脸儿都遮没了。在她的右手的大拇指上，那个她不能除掉的指环在灿然地发光。

我的母亲和我的姨母（几个月之后我又看见她过一次，只有她一个人）对于这件事都一句话也没有对我说。人们会相信我吗？我竟把这件事忘记了。

第二年夏天，我的姨母没有来，可是在圣诞节的前几天，因为她经过波士顿，她便到我们家里做了一小时的探访。我的母亲和我都在客厅里，我正在窗口望着道路工人把一铲铲的沙土掷到结冰的道路上去，这时候，我的姨母到了。她在门槛上站住了一会儿，机械地除了她的手套。接着，一句话也不说，她呜咽着倒在我母亲的怀里。在她的那只除去了手套的手上，那块小小的绿石灿然地发着光。在路上，一铲一铲的沙土带着一种阴凄的声音落在铺道上。

* * *

茹连·格林（Julin Green）于一九〇〇年九月六日生于巴黎，父母是美国人。他参加过欧战，在欧战停止后，他回到美国去，入佛吉尼亚大学肄业。于希腊文、拉丁文造诣甚深。一九二二年回到巴黎后，他想做一个画家，但他终于证明自己虽然嗜爱艺术，却绝不能在这方面有什么大成就，于是他便降心息志地回到他幼小时代的志愿——文学——去了。

最初使他成名的是一九二六年出版的《蒙西奈尔》（Mont-Cinere）和一九二七年出版的《阿特西安·麦须拉》（Adrienne Mesurat），在这两部书出版以后，他在法国文坛上的名誉，便渐渐地享起来，固定了。

他并不属于任何文学的团体。他的作风是有点近乎写实主义的。但他并不像一般自称写实主义者那样的肤浅。他的努力是在把内心的冲突代替了外表的冲突。从这一点上，我们可以说他是一个很好的心理小说作家。

他的短篇小说并不多，本篇是从他的小说集《地上巡游》（Le Voyage sur la Terre）中译出。

厨　刀

华勒里·拉尔波

献给昂德雷·季德

一

下午两点钟左右，"先生们"都到屋前面的花园里抽烟去了。这些都是出色的人物，巴黎的先生们，他们之间，有一位省长和一位上议员。坐在绿色的长凳上，两腿交叉着，他们在尝他们雪茄烟的味儿，在那离开村庄有十六基罗米达的旷野的浓厚的寂静中，懒懒地躺着。

在八月的天空中，田野在花园的尽头伸张开去。它们先是平伸着，随后爬上那这一面的视线遮住了的山丘。山脊上是一个田庄，是一带白色的长屋，屋顶上是棕色的。它小得像书上的一幅插画，背景是白色的天。

"这个田庄不是在我的产业之内的。"勒皮先生向他的客人们说。他倒还谦虚——人们不能一切都占有。

特文塞那个庄家发着喉音笑了起来。随后，一边不住地用

137

他的肥手掠过他的嘴，这举动加重他这番话的力量。"这个村庄勒皮先生几时要它，就几时能得了它。照他那种生活，冬天在磨伦赌钱，不怕你见怪，夏天在丽佛克莱交女人，葛勒乃这小子不久都要吃光了。勒皮老爷，你别着忙，两年以内，您花一块面包，便什么都是您的了。"

"好像这田庄已经抵押过好几次了。"勒皮先生叽咕着说。

爱米尔·勒皮到八月的二十九号，就是八岁了，他一天一天地算着，好像这个日期要带给他生命一个大的变迁似的。弥罗[1]喊着特文塞：

"喂！下星期我要拿我的钱来买这个田庄，因为我快成人了。"

他不高兴，因为别人没有注意到他，并且特文塞的嗓音使他生气。他讨厌这个生着又红又肥的面庞的笨头笨脑的人。他想找一句话骂他，然而一时找不着，并且觉得被特文塞粗笨的神情和别人在他周围说的那些严重的话所压倒了。这些关于算计利益的问题，他是不能懂得的，是他能力所不及的啊！刚巧在他一切都失望的时候，他找着了这套话：

"我啊！等我大了，我要像葛勒乃小子那样，我把一切都吃光了，随后我死在稻草堆上。"

"这句话不中用！"特文塞发出一声假笑。他觉得爱米尔先

---

[1] 爱米尔的小名。——译者注

生很古怪。然而这支箭并没有虚发。勒皮先生显出忧愁的神气来了，因为他想使他父亲不乐意，现在成功了。——真的，他为什么和他的朋友们老是谈这些暧昧而丑陋的事物，如家畜赁贷契约，使用收益权，合同，抵押，等等呢？还有那些大人物说他们特有的语言的字眼的那种声调。弥罗真想打这些大人们几下嘴巴………"使用收益权"是一个掉在草里的烂了的苹果，在十一月天的雨下，全都皱了皮而裂开了。[1] "抵押"是人们架在白色屋子前面的那些可怕的黑色的鹰架。[2]

弥罗打定主意再也不听那些大人所谈的话了。他在他坐着的那条长凳上退后了一些，地方让给唐罢和小罗士这些虽不是被人注意的人物，但是比特文塞和爸爸一切的朋友却更值得别人关心。

若说唐罢是弥罗的知心朋友和兄弟，还说得不够。他就是弥罗自己，不过是看不见的，而是成了人的，不为现实所拘束而能计划到将来的。唐罢游遍了地图上别人所看见的各地和加里哀尼中佐书上所载的各国（弥罗不喜欢徐尔·万耳乃，因为他所讲的事情没有实现）。唐罢是一个有作为的人，他要去看看这世界是怎样做成的。他戴着一顶白色的盔帽，经过富打

---

[1] Usufrut 前半是 Usu 与解释"陈腐的"Use 相仿佛，后半是 Fruit 译为"果子"，合起来是一个陈腐的果子，因此弥罗误会它是一个烂苹果。——译者注
[2] 这里，弥罗大约把 Hypotheque 误解为 Hypostyle。——译者注

挪陇 [1] 前去，参观贝尔 [2] 和都古勒 [3] 人的国家。人们看见他坐着小汽船，带着小队属地士兵，向尼日尔河流域前进，已经有四次了。河流的隆起的大背脊慢慢地向远处的河岸间滚去，两岸上满布了棕树、橡皮树和蔓草。一只扬着法国旗的小艇，飘流在水上阳光的反射中，驶向不知名的荒茫中去。

小罗士是被一个阿拉伯人因报仇而从她父母那里偷去的孩子。她的年龄和弥罗相仿。她从阿拉伯人的草屋里私逃出来，但她到了法国军营附近，守兵开了枪，小女孩便昏倒在地，折断了一个手臂。她是一个金发而很温和的孩子（她有点像去年夏天弥罗在丽佛克莱儿童舞会里看见的那个瑞典小女孩）。她折断了的手臂到如今还感觉着疼痛。但弥罗和唐罢收留了她，保护着她，现在她差不多已变为一个幸福的孩子了。

有一个时期，弥罗、唐罢和小罗士离开斐洲到树林去散步，那树林是从爱思比那丝屋前的台阶上可以看得见的。这是蒲子苞乃的一角，法国最温和的一个地方。一排有树木的山丘间隔着，有勿勒利哀尔寺的高山在后边填着空隙，我们可以看见勿勒利哀尔的钟楼和教堂。再后边，有一大片淡青色的土地，在那里，在落日下，有时闪着弥罗的窗户。弥罗和他的看不见的同伴们，跑到松林的边境上，在勿勒利哀尔的下边。他们坐在

---

[1] 西斐洲的一个小国，法国属地。——译者注
[2] 西斐洲民族，阿拉伯和黑人杂血。——译者注
[3] 斐洲杂色人种。——译者注

别人看得见的路旁的荫盖下。那松林中的一阵清气，直向他们吹来。他们呼吸着……忽然，弥罗的神思跑回到他的身体坐着的长凳上。唐罢和小罗士却远远地去了（大概向斐洲去）。弥罗觉得纳闷，就跑进屋子去找他的外祖母索伦太太。

二

他在膳室里找着了她。她坐在近窗户的一个位子上，她从那里可以观察院子里，厨房里和厨房周围的经过的一切事情。她在监督着用人。但是，假如她在勒皮太太的用人中间的一个，抓住了一个错儿，她就能高兴地对勒皮太太说："我的女儿，你不会管理你的用人。"

她终年住在爱思比那丝，除了冬季的两个月，她住在孟吕宋的勒皮的家里，在那地方，勒皮先生有一个很大的农具制造厂。她自己的佣人都是乡下人，而她女婿的佣人却全是城里人。"没有比这些人再坏的了。"索伦太太说。她满满地坐在安乐椅上，不断地注视厨房里经过的事情。

弥罗跳到安乐椅上，无拘束地坐在外祖母的腿膝间。全家之中，这外祖母算是他最爱的一个人。这六十二岁的老太太，比勒皮太太更快乐，因为勒皮太太的快乐被关心家事、她丈夫的统驭和不可了解而讨厌的所谓"本分"所减轻了。索伦外祖母却相反，像在她周围所有的人所说似的，她算是一个完全的女人。她高声讲话，用斩钉截铁的口吻，从来也不犹豫。她讲的话很有力量，充满了她故意用的方言。

她的判断是一定的："这个女孩子在结婚以前已经生了孩子，这是一个坏女人。"散步的时候，她对弥罗说："小心，别踹在普鲁士人身上。"

小孩自然本能地趋向这种充满了确定的精神，和什么不能损害的性格上去了。当然，她不是属于弥罗理想世界的人。在现实世界和普通生活里的人，还没有一个能升进到弥罗的看不见的世界里，到他所创造的生活里去。这是两个完全隔离的世界，虽然索伦太太疼爱她的外孙，她始终没有被介绍给那些"看不见的人"的光荣。弥罗想起了在他外祖母前提到唐罘的名字，也会觉得头有些晕晕的。

虽然如此，弥罗却也能由索伦太太那里得到些乐趣，这乐趣是属于他自己的世界的。譬如，他请索伦太太唱歌，他并不听歌的词句，然而那歌的调子却能伴着他理想世界的种种幻觉。

索伦太太知道好些歌曲：她年轻时的流行小曲和索伦先生所喜欢的关于国事的歌曲。例如："我的瑟利纳的朴实的情夫……""唉！小羔羊！""学生大爷们到茅屋去""服弥德良知的神"，等等。

"外婆，给我唱个歌听！你知道关于耶稣教士的歌么？"

索伦太太用着强调的嗓音唱着，一边继续地注视厨房的窗户。在壁炉上，罗梭和服尔德的半身像亦在听着。

一个教皇放逐了我们

他害疝气病死了

别的一个召我们回去……

啊！雄壮的美的音乐啊！在这音乐上，穿金盔甲的骑士们的马艺，在一个毛来士侯爵和米松没有到过的地方，在一个地理学家所谓不知名的地方，而弥罗却念为不知名的祖国回转着[1]。歌唱完得太快了。

"好了，让我去看看他们在厨房干什么，"索伦太太说，"你呢，你去找茹丽亚去，她在走廊上做活。"

三

他在小客厅里遇见了特文塞·茹丽亚。她坐在一张很好的安乐椅上，正在替她父亲补袜子。茹丽亚是一个十二岁的女孩，庄家的女儿，年纪虽小，身体很壮，生着棕色的头发，两只美丽的黑眼睛和两片玫瑰的颊儿。自从她母亲死后，她父亲把她在一个南方的亲戚家里寄养了三年。在这寄养的时期，她染了些轧丝公[2]方言口音和一些好态度，因此她从来不用一个蒲尔彭乃地方的字眼，除非她轻视本地的人，想讥笑他们的时候。

---

[1] 地方 Patrie 和祖国 Patrie 的拼音相仿佛。——译者注
[2] Gascogne 法国南方旧省名。——译者注

但是她对所有的人讲话都是很有理性，像一位小老太太似的。她总不会忘记请安问好。每年，在长长的假期中，她总有七八个故事讲给勒皮先生听的。

索伦太太当她是一个世上最天真、最老实的小女孩子，她在假期中把她留在爱思比那丝住两个月，供给她衣、食，还送她些东西。茹丽亚为报答她起见，替她补点衣服，暗中替她监视用人，陪伴爱米尔少爷，因为她受了照顾他的使命。在这时候，她装作在补索伦太太的袜子。

"啊！我对你有点腻烦了！……爱米尔少爷，你知道那新闻么？没有，那么，我来替你解谜。"

"什么谜？你又要造一段废话来麻烦我了，可恶的茹丽亚！"

"可怜的爱米尔少爷，你是多么不幸呀！这可恶的茹丽亚要替你解谜。我告诉你，在爱思比那丝来了一个新的牧羊女，她叫菇斯蒂纳，十一岁。她是个私生子，她母亲以前是不规矩的，她是一个轻贱的女人。到教堂做弥撒的时候，他们两人占去一张椅子，因此她们都只坐了一半。她母亲是勿利乃的女仆。这茹斯蒂纳是个不幸的东西。她遭遇那么多的不幸，以致她成为一个古怪的人。你想吧！她耽在一个老头子那里，这人狠狠地打她，又不给她吃饱。她常是生病，但是他还要叫她做工。有一次，她把拴一匹野性母牛的绳子卷在手臂上，她被那母牛在荆棘和树林中拖了二十分钟。别人把她血淋淋地带回村庄去。还有一次，她用厨刀削葡萄园用的木桩，在左手上受了很大的伤。总之，她受过了有多少的艰难困苦和不幸，以致我看见了她，便不得不笑起来。你看，一想到她，我就大笑，我就要笑得前仰后合，我要笑死了。少爷，你要不要我在地毡上打个滚看?"

"不要，我不喜欢看你装母狗。"

"抱歉得很!"

茹丽亚把针线放在桌上，向上伸出手臂，又尽量地伸了个懒腰，一边说道:"啊! 我困得很!"随后她很快地又说:"再来说那个私生子厨刀茹斯蒂纳小姐吧，这倒是一件使你好玩的事情。我们要不要再使她不幸些，把她的东西偷去，让她挨太太的骂，把她吃的东西去给猫吃，你说怎样?"

"是的，不错，我们来把她的生活弄得不能忍受。"

弥罗本来就喜欢他外祖母的小狗儿发气。想到可以使一个女孩子受苦的念头，他当然很高兴。

"那么你领头吧，爱米尔少爷? 她不会怨恨一个主人的少爷的。明天，我们开始使她受罪，我说给你听，应该怎样做法。现在，这儿没有别的人，你在这安乐椅上跳着玩吧。你的外祖母已经叫人安置了新的弹簧了。来吧!"

"你知道外祖母不愿意别人跳上安乐椅去的。"

"如果我听见她的声音，我会告诉你的。"

她帮着弥罗上了那个她自己已经站上去的安乐椅上。他们开始用全部重量按在弹簧上，这弹簧起初弯了下去，随后松开，把他们弹了起来。他们于是加紧动作，一，二，一，二。随后，他们按着节奏，一上一下，手臂紧贴着身子，又直又硬，好像木头人一样。他们飞着，翱翔着。在他们底下，那安乐椅轧轧作响，颤动着。当然一个弹簧快要断了。但是弥罗糊涂了，他对于这一切全不关心，因他已经离开了地面。

忽然，茹丽亚跳下来跪在他面前的地毯上，他还没有问完她为什么这样做，那房门已经开了。——索伦太太站在门口，看见这犯规矩的事气得呆了。茹丽亚跑到她面前哭丧着：

"太太，已经有半点钟工夫我求爱米尔少爷走下安乐椅来，他不肯听我的话，你看，我还跪在地下哀求他呢。"

"说诳的！说诳的！她还假装哭！"弥罗喊起来，还站在安乐椅上。

"那么你下来不下来，小无赖？"索伦太太问着。

"啊！我的好东家太太，不要太责备他了。"茹丽亚含着眼泪低声地说。还给索伦太太的手接了个吻。

这只是个短时间的遭难。老太太轻轻地埋怨了几句，弥罗抱着她，很诚意地悔过。她回里边去了，安乐椅的灵魂也就安静下去了。

"我的好茹丽亚，我托你看管爱米尔少爷，当他不老实的时候，你就来告诉我。"

弥罗用眼看着茹丽亚光着的腿，想选择一部分，可以狠狠地踢她一脚，踢在她前边骨头上，太疼了。但是茹丽亚走近他，两手拱在胸口，眼睛湿着。

"啊！爱米尔少爷不要打我，不要再这样地踢我了，这能踢死我的。假如你再碰我，我要自杀了！你看我将我的小刀插到我心里去。我受不了别人的虐待。况且，我害了你什么？当我听见太太的声音，我预先告诉你的。是你自己不懂，这不是我的过失。"

假如弥罗敢在一个女孩子面前哭，那么他就会哭了出来的。受了一个大冤屈的感觉使他难受。他在一个看不见的世界中是那么伟大，而且是永远胜利的！

"爱米尔先生，做好事罢。我跪着向你求恕，你宽恕我吗？真的，啊！我真快活，我再也不使你恼怒了。那么，我来背着你玩罢！骑在我背上，手臂围在我颈上，不要怕弄疼我，紧紧地抱着我。现在你能打我了，我喜欢受虐待。但是不要抓我的头发。背死猪啊！背死猪啊！你真的不重呀！我想虽然把你父亲的钱全吃完了，你还是不会有老骨头的可怜的'娃娃'！"

四

在主人的膳室里，挂灯已经点着了。可是从遮窗板缝里漏进来的一道微青色的光，却显得外面天还亮着，太阳还照在花园和田野上。开了盖子的汤锅在桌子中间冒着汽，勒皮先生对仆人说：

"彼得，你去把新来的牧羊女孩子叫来。"

爱思比那丝的客人们将借此消消遣。门开了：

"这个小女孩真可爱。"上议员先生说。从汤锅里蒸发出来的水汽里，弥罗望见一个金发的生物，头发剪得短短的，没有打着卷（真的，要看见她的围裙和短裙，方能确实知道她是一个女孩子）。

她的眼睛是青色的，鼻子宽而稍长，她颊上生着红癜。她很老实地把两只红色的小手交叉在蓝白色方格布的围裙上。

弥罗看她的手，发现了很深的厨刀伤。还有，头一眼看去，茹斯蒂纳就使人想到她的苦楚，以及许多小牧羊女的生活的艰难。她试着把她的苦恼隐藏在温和而细致的微笑中，但是她的苦恼还是看得出来，在她的周围闪耀着，好像一轮圆光。在她未说话以前，她立刻就跑进了弥罗的理想世界里去，和唐罢与小罗士并列。她没有像小罗士那样地受过苦么？（至少，她是真受过苦的。）你受苦，别人却并不爱你，总是对你硬声硬气地说话。所以我要去迎接你，用手扶着你，带你到一个好地方去，靠近我的王位，在我做国王的地方。

"De lavav que t'es, gatte?" [1] 勒皮先生问她，显得他是懂土语的。

茹斯蒂纳回答说是依格浪特的人。索伦太太用尖锐的眼睛注视着她：

---

[1] "你是哪里人，女孩？"——译者注

"我的孩子，你是饭吃得多呢？还是神信得多？"索伦太太问。

当别人向一个我们最爱惜的人问话的时候，那好像就是向我们问话一样，那个回答的人就是替我们回答。茹斯蒂纳迟疑的视线碰到了弥罗的视线。她看出她该怎样说可以使索伦太太高兴。

"我饭吃得更多，太太。"

人们笑了，做做手势让她出去。当她走了以后，人们还在笑着。弥罗很得意，好像他做了一件大成功的事情。

此后，茹斯蒂纳便成了他生活的，他的真正的生活的一份子——那生活便是他在理想世界中所过的生活。在那里，他是伟大而胜利的。

在爱思比那丝，弥罗不像在孟吕宋一样地睡在大床上，他和他母亲在一间卧室，睡的是小床。

勒皮先生占了旁边一间屋，门是开着的。到了半夜，经过了三小时的失眠，弥罗忍不住了：

"妈妈呢？妈妈呢？"

"什么？"

"妈妈，我要给你讲些事情。"

"那么你讲吧。"

"我想编一个故事。"

"一个什么？"

"一个故事。"

（弥罗很知道他要编的故事，在《诗库》里是叫作诗歌。但这是一个他从来没有讲得很响亮的字眼，因为他觉得这字有点奇特，有点夸大，并且太美了，他怕说这字的时候，他的声音要发颤。）

"你想编一个故事？说些什么？"

"一个叫作'厨刀的苦运'的故事。"

"为了这点事你把我唤醒来么？你这人真可笑，怎么一把厨刀会穷苦呢？这真傻，还是睡着好吧。"

那不知道到底自己为什么害怕母亲看出这新来的牧羊女和厨刀之间的关系的弥罗，这时觉得放心了，预备讲出他计划好了的故事来。

但那些字眼，所有法文的字眼，像军队似的排列着，拦阻了他的路，他很勇敢地向他们冲去，先攻击那他看见在第一排上而他又认得很清楚的两三个字。但就是这两三个字也把他打退了。于是所有字的军队全把他围了起来，动也不动，又深又高，像一座城墙似的。他试着最后的冲击：啊！只要能克服一百来个字，并且勉强它们来说一件他所要说很要紧的事情就好了！最后的努力使他的精神紧张，他的脑筋要膨胀得破裂了，这是一根苦痛的失望的僵硬了的筋。他忽然屈服了抛弃了他的企图，被一种要作呕的感觉压住了，并且觉得在他自己身上有一种无限的虚空。

在这时候，他忽然找到了一个不可解释的包含着那关于题名为"厨刀的苦运"这故事的一切的字眼。他把头缩在被里，用手拦住了嘴，轻轻地叫着："茹斯蒂纳……茹斯蒂纳……茹斯蒂纳。"最后他睡着了。

五

黑色而冒烟的地球，在众天使欢呼之下，跳进了朝晨。弥罗在一间鲜洁的屋子里醒了过来。

在他周围，一切都很明亮，在白色窗帷的襞褶上，有细而青色的影子。但他忽地有一阵不舒服，好像那晚上睡时身体很好，而早晨醒的时候，感觉喉管深处有一种刺痛，并且说着："我又要伤风了，母亲会生气"的那种人一样。但这不舒服并不是从嗓子里来，却是从这句在心头回响着的说话而来的："我们来使她的生活不能忍受吧。"

他怎样去阻止茹丽亚虐待茹斯蒂纳呢？当她问起为什么他不愿意玩这个玩意的时候，他该怎样说呢？他想找些诳语，但却找不着。或者在回答的时候，灵机自然会来的吧。不过最好还是早点让大地把茹丽亚吞了去。

"天呀！天呀！让她立刻就死了吧。"

但他害怕这祈祷已经被执行了。

"天呀！我求你，别让特文塞·茹丽亚死去。"

起床之后，他平静了些。但他的主意已经决定了，他将要用尽心计不使茹斯蒂纳受茹丽亚虐待。在必要的时候，他可以把茹丽亚踢死，于是他一脚一脚地踢着梳妆台下的两扇门。

六

八月二十九[1] 那天到了，并没有带些什么特别的事情来。不过，弥罗得到了人们在世上所能得到的最好的东西：就是他心爱的人在眼前（他每天远远地看见茹斯蒂纳两次，当她到田野去和她赶着母牛回来的时候）。他生日那天，不过和平常一样的一天罢了。

人们和他接吻，希望他乖些。他母亲又叫他在客厅里索伦先生的半身像前站了一次。他父亲也以此为然：

"对了，这便是应当奉为模范的高尚人物。"

"但是，他总也学不到他外祖父的一丝一毫的。"勒皮太太说，这一种口吻可以使世上最坚强的意志力都要失望的。

弥罗战栗着，将他仇视的视线盯住在他家里大人物的画像上。这大人物是做过上议员，并且认识刚必大的。自从有一次他母亲责罚了他，逼他跪在外祖父面前求恕以后，弥罗便把那位已故的索伦先生视为他最讨厌的仇人。然而这缩在二次帝政时代的时新外套中的索伦先生，倒有一种聪明而诚实的中产阶级绅士的态度。弥罗大着胆抵挡着画像上的视线。这两只眼睛

---

[1] 弥罗的生日。——译者注

中有一只在暗影中偷偷地侦探他。弥罗好久以前就想用特文塞·茹丽亚的小刀把这两只眼睛挖了去？不过假如有眼泪和血从破了的画幅上流下来怎么办呢？在画像旁边有一个装好框子的像，显出一个又矮又胖的人：刚必大。

"爱米尔，"勒皮太太说："你该预允你外祖父，将来成为一个像他一样诚实而被尊敬的人。说吧。我的外祖父，我预允你……"

勒皮先生有点不自在，离开了客厅，弥罗很顺从的在背着预允的话。然而立刻他加上了一句：

"那么对戆大[1]该预允些什么呢？"

刚必大在勒皮索伦家里是一个上帝，一个被人虔诚祭祀的家神。弥罗吃到了一下耳刮子。

打得他并不觉疼，但是这是多么屈辱！他母亲平素很少用这种责罚的。他向母亲转过去，带着一种要杀死她的意思。然而她已经走出去了，客厅的门关了起来，弥罗一个在刚必大和索伦先生严肃的视线下耽着。他并不哭，但他却低着头，不敢看这两个偶像。他觉得他眼睛所含的恨意，足以使那外祖父和那民众伟人从框子里跑下来。

在一阵旋风似的思想中，他回忆起这民众伟人，在一八七〇年巴黎围城之役曾乘了气球离开巴黎，穿过敌人的阵线。弥

---

[1] 刚必大 Gambetta 是法国大政治家，弥罗误作 Graud'bete。——译者注

罗觉得自己已处身在敌人的阵线里，带着一顶尖头的盔帽。（他很以此自傲！）他很注意地望准这气球。在悬篮里，可以看见这民众伟人戴着大礼帽，穿上大礼服，在对云彩演说。枪像他母亲的耳刮子一样兀突地开去，气球坠下来，破裂了！

"打倒共和国！普鲁士人万岁！"

第一声是颤抖着低微地喊出来的。然而不久他的嘴已习惯于这种肆意侮蔑了。大着胆，弥罗镇定地说，"打倒共和国！普鲁士万岁！"喊的时候不换一换气，而且使着尖锐的小嗓子的全力。过了三分钟，嗓子哑了，他便不得不停止，然而他很希望法国所有的共和党人都已听见了。于是他向索伦和刚必大先生瞟了一个蔑视而差不多怜悯的眼色，他已经把一切神圣的东西都踩在脚下。这两位好好先生已不使他害怕了。

他战栗着。特文塞·茹丽亚刚走进客厅来。这是勒皮太太对她说的：

"去找弥罗去，把他弄端正了来吃饭。"

茹丽亚用她细长柔顺而矫饰的眼睛注视着弥罗，很快地走近他：

"爱米尔少爷，你哭过了。"

"说诳的，我恰恰笑了呢。我开了个玩笑，却受了罪啦！你想……"

他一口气把他的计划告诉她听：当他到了十五岁的时候，他要从他父母家里逃跑，到普鲁士军队里去入伍，并且……

"又是那一套傻话，爱米尔少爷！"

"然而我却要这样做的，哦，你瞧着吧！"

她不说什么，把他拖到她自己坐着的安乐椅上。他随势坐下去，鼓着嘴。

"我是不配和爱米尔少爷在一起的。我是他的小女仆，他父亲的种田人的女儿，一个小乡下女人……"

他看着茹丽亚，对于这种没有听见过的口吻，有些吃惊，她低声地继续着说：

"少爷，你愿意做个好事，赏一个吻给你的小女仆么？"

当他凑近去的时候，她发着命令：

"脖子上，快一些。嗳！我自己来把头发拿起来。你总是拉我的头发。快一些，怕有人来。"

在小耳朵下边，他的嘴唇触着了白色的肌肤。在那白色的肌肤下面，有细弱的青筋跳动着。这是很软的，他只吻了她一次，很想咬她一口。这茹丽亚是多么坏！

"你看出来么？"她说，"我……我可不吻你。你愿意我告诉你一个秘密么？"

"啊！你又要撒诳了！"

"不，这完全是真话，我可以向你发誓。我还不知道为什么我要告诉你这个秘密。"

"说罢，我要你说，这是我命令你说的。"

"是的，随后你向你的母亲去重说一遍。你是那样的不懂事。只要你的父母对你好一点，就是他们不问你什么，你也会把你所知道的事情都告诉他们的。然后你还会奇怪他们借了你所告诉的事情来磨折你。我呢，简单得很。我从来也不对我父亲说什么。他并没有因为这个更觉得不幸！譬如去年冬天，我玩着把银的食器藏在楼顶上的荞麦堆里吧。我父亲找了好几天，人人都冤枉到了。我心里急着要向他说在什么地方么？我没有那样傻！爸爸下手是很重的。他不愿意找了，有一天，我给他找着了银叉子，他十分高兴。你瞧我多么会说谎。假如爱米尔少爷能瞒得住些东西，我有时将要多多地告诉他！"

"那么你现在的秘密呢？"

"好了，不要哭了，我来给你解谜吧！"

"还是这种无聊的话！"

"比你有意义得多。"

"我真想有些气力来打你两万下嘴巴呢！"

"别作声！有人在喊少爷吃饭。我是要到厨房吃饭去，那是我的位置。假如不幸你把我告诉你的秘密讲了出来，我就说你强迫我和你亲嘴，说我闯见那个私生子正在教你坏话。啊！真的，我忘了不该去惹那位茹斯蒂纳小姐。"

"吃饭了，坏孩子。"母亲开着门说，"留心不要在我们客人面前给我丢丑。啊！无赖，你能说你好好地开始过你的九岁吗！"

"太太！"茹丽亚胆小地说，"我给爱米尔少爷讲了一些道理，我告诉他说他的父母是多么地待他好。他已经悔过了，并且他答应再也不使你难受了。"

七

爱思比那丝的客人们在吃午饭，谈得比平常更起劲。因为这是个生日酒，而在每一个客人面前，大酒杯旁还有一只香槟酒的细长的杯子。

弥罗在他座位上，由膳室的两扇窗子里望着野景，由短篱分隔着的田，迤逦着的山丘，两个树林之间的勿莱丽爱尔的镜楼。田野很安静地在日光下。它并不祝贺弥罗九岁的生日。它还能知道这是八月二十九号么？

"拿香槟酒来祝贺我们的承继者。"索伦太太说。

"只要他随随便便地喝就好了。"上议员先生微笑着说。

弥罗已经忘了客厅里的那幕戏剧了。他很高兴，而他的那些被溺爱的孩子的坏脾气，便又发作起来了。他对客人提出了些问题，又把手肘撑在台布上。

"你的承继者倒不是一个懒散的人。"有人这样说。

"这是一个配承继的承继者。"索伦太太喊着，带着一种骄傲的神气，这触动了在座的中产阶级人们的心，当他们想到他们的地位，他们的进款和他们的希望的时候。一种充满了这些幸福的神气和烤鸡的味儿，一起在桌上浮荡着。

上议员问勒皮先生关于本地出产的详细情形。有什么可以生利的事情没有？于是谈到煤矿，模范田庄，经济铁路，等等。勒皮先生举出了人们提起时不能不微笑的城市来，好像在乡下有人说起一个行动稍为自由一点的漂亮女人一样：

"我们有丽佛克莱雷本……"

丽佛克莱……这个名字把和公园似的一些带有阴荫和阳光的远景重新引到小孩的脑筋里去了。这公园里，唱着"马茹加"舞曲，一些穿白花边衣服的太太在那里经过。她们藏在面幕里的脸儿，是美丽得像天堂一样，而在她们带白手套的手里，还拿着钱袋和金钿盒。

这个城只是当它的生命好的时候，才值得存在的。它在春天方醒过来，整个夏天都生活在枫树的阴影下。人们以为自己是在外国：在街上，人们讲着不懂的语言，晚上，在屋子的灯光灿烂的平台前边，拿波里人在唱"法兰西斯加"。

夜间，在繁华的俱乐部里，可以看见裸着手臂束着缎带的女人，窈窕的身上妆满了花、首饰和绸缎。在那些旅馆的门口和那些花园的树荫下，我们可以遇到一些人。那些人，如果并非不可接近又并非属于另一世界的，那么我们便永远忘不了他们的丰采，我们便会一直爱他们到死。这微红色的赭石沙泥印上了"昂达卢西"最美丽的脚的狭窄的痕迹。在儿童舞会，一些穿短裙裸膝盖的英国大女孩和一些讲话像我们这里的溪水流转的声音的小斯拉夫女孩，按着呜呜的"马茹加"的音乐跳着舞。在夏季的中心，有三个鲍里未总统的女儿，很年轻，比人们在梦里所看见的一切女孩都要温柔，美得像圣女的像一样。

弥罗又看见那些大旅馆在那里，当夏天的晚上，"美"睡在芬芳里。这是刺面残忍的"美"，豪富的美，她的外表使人目眩，并且使我们的心弦紧张。当人们只见过她一次，便再也忘不了她。就是她的回忆也可以使人难受，弥罗把他整个的灵魂都逃避到对于茹斯蒂纳的思想中去了。

他不动弹地坐在椅子上，但他整个的灵魂却在茹斯蒂纳身边，在茹斯蒂纳的手掌里，在她哭过不知多少次的眼前，他把丽佛克莱的那些在簪满了花的头发里微笑着的外国美女的回忆全抛开了。"茹斯蒂纳，我握着你的手。"他竟敢去碰这受过厨刀伤的小手。他携着茹斯蒂纳的手腕，这妥当一点，两人向法国的美丽而宽阔的大道步行前去。她疲乏了，他把她抱在臂里；她饿了，他替她到村庄去乞食。"为你所受的一切的痛苦，我无论怎样爱你总是不够，我愿意受你所受过的一切痛苦，那么我才配得上你。"

在弥罗的周围，大人们在那里讲话。他们注意到弥罗的将来。吃饭的时间延得很长，烤鸡的味儿掺杂了酒的味儿刺激着弥罗。勒皮先生在讲话，弥罗准他父亲的话走进他自己的世界里去：

"靠着我留给他的地位，我的儿子可以希望一切。用功地学法学，然后……"

"是呀，政治是路路通的。"

"无论怎样，本区里是很稳的。别人再也不敢拒绝索伦先生的外孙的。"外祖母说。

弥罗从两个窗户里看着阳光下的乡间的恬静。这好像是一种不关心而严肃的显露，因此他感觉一种苦的安慰。这些大人物们，在替弥罗安排将来，很使小孩厌恶。他很想骂他们，羞辱他们，随后对他们说他所知道的那些粗俗的话，猪猡、婊子、魔鬼……

"啊！一定的，"上议员先生说，"那是一定的，拿勒皮先生留给他的地位，我们的小朋友，很可以有一天做到共和国政府的最高行政长官。"

"啊！只要是总长或是殖民地总督就够了。"勒皮先生说。

"啊！你们不该在这孩子面前说这番话。你要把他弄得太骄傲了。"

弥罗轻蔑地微笑着。他们的共和国么？他今天早晨已经否认过了。而这些先生们多少有点像刚必大！他受不住了，想做点声势出来。

"不过，茹斯蒂纳，你受了苦，却没有说出你的雇主们所有的凶暴。"从此弥罗将以为他的父母真是些雇用他自己的而使他自己不幸的雇主。他将拒绝他们一切的温存。他再也不会像今天早晨那样发怒了，凡是他听了使他难受的，他将藏在心里，为的是可以更受苦些。"为的和你同样地受苦，为爱你，茹斯蒂纳。——从今天起，"他想，"我要做一个仆人了。"

"我们还没问他的意见呢,"上议员先生笑得很响地说,"我的朋友,当你大了的时候,你想当什么?大将军,或是大总统?"

"或是驻外大使?"

"或是国家学会会员?"

"我啊!"弥罗说:"我要当一个听差的!"

八

这是九月下半个月的一个早晨。客人们离开爱思比那丝至少也有一星期了。天空没有八月时候那么高,晚间,太阳光在消逝以前很久地躺在草地上。

弥罗今晨像平日一样地起身。不,他觉得这不是一个像平常一样的早晨,他已决定了做一件特别的事情。

他从容不迫着。他该选择一个仆人们有的在房间里,有的在家畜棚里忙着,而厨房里又一个人也没有的时间。

于是,他很快地做了。厨刀刚巧挂在石槽旁的木架上,弥罗把左手平放在石槽上,张开了手指,这就是茹斯蒂纳受伤过的无名指。弥罗看准了,右手拿着厨刀审度着,闭了眼。

沉闷的一响,那只发颤的手重放下了厨刀。于是他张开眼睛,涌出来的血和他的视线刚巧相遇。这是很可怕的,一个很大的伤口,和"她的"相同。不过这并不疼。血流得很慢,小小地振动着。茹斯蒂纳将来会知道的。她或许会这样想:

"呀！主人的少爷遇到了和我同样的事情，在同一只手上，在同一个指头上。"

不过最好还是她永远一点也不知道。假如偶然，她猜着了……

石槽上已经有像一条山溪似的血了，它缓缓地向那铁边儿的圆洞中流下去……平常，人们要洗洗伤口。她的伤口准也是洗过的，弥罗单用他右手，拿着一个小洋铁盆，放在水管下面，注满了水。把他的血淋淋的左手浸进去，冷冷的水刺痛着他的新创口。

血从水里升起来，好像一阵在重的空气里被空气压下去的浓烟一样。不久，血在盆底里凝成一种油一般的黑黝黝的沉淀。太多了。弥罗换了水，一次，两次，三次，每次有五分钟的间隔。

血继续流着。现在弥罗把右手浸在水里，不久他看见到处都有了血，脸上，脖子上，绒布短衫上……这血不停地流着！

他试着动一动这在凉水里冻僵了的手。嘿，这是什么？他把手再擎起来，看见受了伤的指甲挂着，一半离开了指甲盖。

于是他害怕地奔了出去，跑到屋子里。在放下了的帘子的安静中，他母亲在绣着花。他进了屋子，脸色惨白，看起来很可怕，好像被勒了脖子的孩子。为一幕悲剧的末了一场，这算成功了！他只有说句话的力气："啊！妈妈，你看我玩厨刀弄成这样！"

天花板转着倒下来，弥罗躺倒在地板上。

九

假期末了的一星期，十月的第二个星期到了。在爱思比那丝的高原上，已经有了秋意了。一阵凉风不断地吹过草地的平面，穿过了篱笆、小榛树和树林。天空呈着那冷而凝着的青色。安静的范围在蒲尔鲍乃扩大起来了。

一天早晨，弥罗又遇见了他去年冬天的衣服，好像人们又遇见了他的忠实的朋友一样。他抚摸着发暗色的厚厚的布，看看前面将要到来的冬天。在绑带和黑皮指套中的他的手指已经好得多了。不过他差不多后悔当时不把右手也伤了，因为念书和做功课的时期快到了。先生说："你的默书呢？"他可以指指他的伤指，回答说："先生，我不能够写字。"

勒皮先生和太太预备着离开爱思比那丝，而索伦太太还要和她的仆人在那儿留几个星期。他们已经预先把满满的箱子运到了孟吕宋去。在弥罗看来，这好像是已经走了一样。他想象中觉得自己已经在孟吕宋的家里黑暗的屋子里。在他的玩具、唐罢、小罗士和最温和的牧羊女茹斯蒂纳之间，他在那里组织了一种最美的生活。

因为茹斯蒂纳很可以留住在爱思比那丝，一直到明年的暑假。弥罗把自己对于她的爱情，对于她的回忆和她的影像带到他看不见的世界里去。而且这样在她跟前更好，她是在他脑筋里。他就是想望见她的念头也没有……

有一天早晨，是动身的一个早晨。在锁柜子、壁橱以前，当人们预备车子的时候，大人们对孩子们说：

"到外边玩去。"

弥罗和特文塞·茹丽亚走下花园的小路，一直到树林里。他们都静默着，因为大人们的意志是使孩子们分离的恶运，这恶运是不言自明的。最后，为了打破这默静起见，弥罗肯定地说：

"我的手指头好些了。"

（实在说，这于他是不相干的。）

"给我看看。"茹丽亚说。

他脱下那戴在指头上的套子，又把绑带褪下，便看见一个没有指甲的破碎的指头，裹在药棉花里。

"啊！这多难看！……实在说，我不相信你会做这种事的，你这娇嫩的小少爷。"

"会……什么？"弥罗很忧愁地说，带着一种急促的嗓音。

"哼！你还瞒起来么？……不错，你真的爱她么？那姑娘！"

弥罗愣住了，晃摇着，仿佛受了雷打似的。有一个邪气的动物刚把他的"看不见的人们"的圣洁弄污了。

"这真是发了疯！但是我和你说，我相信你太娇嫩了。"

"茹丽亚！茹丽亚！茹丽亚！茹丽亚！"

弥罗吼着，为的想把这亵渎神圣而卑下的嗓音压服下去。

随后他又求着，威吓着。

"住口！你要再说，我便要做一件可怕的事情：我要挖出你一个眼睛，或者我伸手到你的短裙下去！住口。你可要我给你几个钱买住你的嘴么？"

但是住口的是他自己，因为他已经没有力气了。

"好了，你安静些罢，爱米尔少爷……别害怕，只有我一人看出来，你是知道我永远不会传话的。你瞧着。第一是因为在那第二天当你拒绝使她受罪的那时候，你同我闹了一场，这便使我思索了一下，我知道这中间，你曾在膳室里遇见过她。好；其次是你对我讲到她时的那种神气，你假装忘了她的名字，或者假装不认识她，当她从田野回来的时候，你为了等她竟在窗口等一点钟。你以为这瞒得过我么？还有那厨刀！"

"茹丽亚！茹丽亚！"

"好了，别再提了。可是你可以看出，自从这件'意外的事'发生以后，我对于你是很和气的，并且当你发寒热的时候，我总是很老实地陪伴你。我没有提过一次说我解了你的谜，可是我真有想说的念头呀！还是，那是上星期发生的事情。那些母牛因为睡在草地上，奶都裂开了。人们向你说过，我又和你说这使它们变质并且挤奶的时候都危险。于是爱米尔少爷喝着坏的牛奶，心不好受，便去找磨塞的妈妈，向她要一些奶。他叫她比平常早一点钟，把所有的牛都挤了奶。你才喝了一碗热奶没有皱眉！这一些都为的是让'那一位'不挨打。这是很明显的，唉！你永远不会为了我的缘故做这些事情的，为了我这……唉！"

茹丽亚陡然地哭起来了。

"你还假装哭，说诳的！你想感动我。我呀，我才不理那一套，你瞧，我还笑你。"

"啊！"茹丽亚哭得更起劲了。

"你装假！你装假！假如你继续这样，我要用拳头打你。"

茹丽亚走近弥罗，靠在他身上，为的使他觉得她的整个儿身体都因为呜咽而抖动着。

弥罗狐疑着，默默地不响。

于是她出了口气说道。

"我呢？"

"什么？"

"要整整儿一年不看见我的美丽的小主人，我可不是要厌烦死吗？"

"啊！算了吧，我知道这在你是没有关系的，"弥罗带一种战栗的声音说道，"至少，你答应我不使她受苦吗？……一些也不和她说起……"

正在这个时候，勒皮先生的呼唤声传到了他们耳朵里。

"弥罗！弥罗！车子——预备好了。"

于是他们从小径跑回去，彼此一句话也不说。茹丽亚用围裙擦了擦眼睛。

他们在台阶前止住了，喘着气。车子等在那里。围绕着仆人的索伦太太，看见他们动身。就不见茹斯蒂纳，她已到田里去了。特文塞老爹带着笨重的神气，忙着跑了来。

"呃，只等你了，"勒皮先生说："再见了，我的小茹丽亚，要继续地这样贤慧……喂！孩子们，你们互相亲嘴吧。哈，弥罗，和女孩子拥抱的时候，带着这种厌烦的神气么？别人可以看得出来，你是永远没有爱过女人的。"

＊＊＊

华勒里·拉尔波（Valery Larbaud）于一八八一年生于维希（Vichy）。自从十七岁起，他就开始旅行了，他的足迹遍于全欧。在他所到的地方，他完全应合当地的生活；他至少懂得七种语言，他能用英文或西班牙文写他的作品，像用法文一样的自然。

使他在文坛上一举成名的是《巴拿波思诗抄》（*Poesies d'A. O. Barnaboth*）和《巴拿波思的日记》（*Journal Intime d'A. O. Barnaboth*）。其他的名作有《费尔米娜·玛尔葛思》（*Fermina Marquez*），短篇集儿童的《*Enfantimes*》，中篇集《情人》《幸福的情人》（*Amants，Heureux Amants*）等。

在现代人心理的解释（《巴拿波思的日记》等）、儿童心理的分析（《费尔米娜·玛尔葛思》等）上，拉尔波得到了极大的成功。他的文学具有一个使人惊讶的光彩和力量。他对于古代语言和外国语言的深切的认识，他使得文字给予了法国现代语言一个新的完成美，不但如此，他还替法国现代文学发现了许多新的形式。

　　他还是一个有力的翻译家，于他的介绍，法国才认识了勃忒勒（Samuel Butler）、乔士（James Joyce）、赛尔拿（Ramon Gomez de la Serna），等等。

　　这里所译的这篇《厨刀》（*Couperet*）系自他的短篇集 *Enfantimes* 译出。

旧　事

路易·艾蒙

　　脸上带着勉强诚心的微笑，他们从咖啡店的小圆桌上互相望着。虽则他们在相逢的最初的惊讶中，已不加思索地又用了那种"你，你"的亲切称呼，他们却实在也找不出什么可以谈谈的话。

　　把手搁在分开着的膝上，挺直了肚子，谛波漫不经心地说：

　　"你这老合盖！你瞧！我们又碰头了！"

　　那个交叉着两腿，耸着背脊，缩在自己的椅子上的合盖，用一种疲倦的声音回答：

　　"是呀……是呀……我们已经有十五年没有见面了，可不是吗？十五年！真长远了！"

　　当他们说完了这话的时候，他们一齐移开了他们的眼光，凝望着人行道上的过路人。

　　谛波想着："这家伙的神气好像不是天天吃饱饭似的！"

　　合盖偷看着他的旧伴侣的饱满的面色，于是他的瘦脸上便不由自主地显出了苦痛的形相。

大街上还有雨水的光闪耀着，可是云却已慢慢地飞散了，露出了一片傍晚的苍白的天空。在那房屋之间浓厚起来的暗黑的那一边，我们几乎可以用肉眼追随那竭力离开大地的悲哀的表面，而钻到天空里去的消逝的残光。

隔着那张大理石面的小桌子，那两个男子继续交换着那些漫不经心的呼唤：

"你这老合盖！""你这老谛波！"

他们于是又移开了他们的目光。

现在，夜已经降下来了。在咖啡店的热光里，他们无拘无束地，差不多是兴奋地谈着。他们在他们的记忆中把那些他们从前所认识的人，又一个个地勾引起来。每一个共同的回忆使他们格外接近一点，好像他们是一同年轻起来似的。

"某人吗？在某地成了家，立了业……做生意……做官……某人吗？娶了一个有钱的太太，妆奁真不少，和他的岳家住在一起，在都兰……'小东西'吗？也嫁了，不知道是嫁给谁……她的弟弟吗？失踪了。没有人听说过他的消灭……"

"还有那个马家的小姑娘……"谛波说，"你还记得马家的那个小姑娘吗？……丽德……我们在暑假总和她在一起的。她已经死了，你知道这回事吗？"

"我早知道了。"合盖说，于是他们又缄默了。

大理石面的桌上碟子的相碰声，人语声，脚步声，大街上

的喧嚣声。这些声音，他们一点也不听见了，他们不复互相看
见了。一个回忆已把一切都扫除得干干净净，这是一个那么真
实那么动人的回忆。从这回忆走出来的时候人们便像走出一
个梦似的伸着懒腰。一个大花园的，一个有孩子们在玩着的，
浴着日光围着树木的草地的回忆……在那片草地上，有时他
们有许多孩子，一大群的孩子，男孩子女孩子都有；有时却只
有他们两三个人。可是那个丽德，那个小丽德，都老是在着
的。丽德不在场的那些日子，是绝不值得回想起的……

　　谛波机械地拂着他膝上的灰尘说道：

　　"马家在那边的那个别墅真美丽。他们总是在七月十三日
从巴黎到来，到十月里才回去的。你呢，你常在巴黎看见他
们！可是我们这种乡下人呢，我们只每年看见他们三个月。

　　"现在什么也都卖掉了，而且改变得连你认也认不出来了。
当丽德死了的时候，可不是吗，什么都弄得颠颠倒倒的了。在
她嫁了人以后，你恐怕没有看见她过吧，因为她住到南方去
了。她变得那么快，她从前是那么漂亮的，可是当她最后一次
来到那里的时候……"

　　"别说啦！"合盖突然做了一个手势说，"我……我宁愿不
知道好……"

　　在他往日的伴侣的惊憎的目光之下，他的苍白的脸儿上稍
稍起了一点儿红晕。

　　"总是那么一会事，"他说，"我们从前所认识的女人们，

小姑娘或是少女，而后来又看见她们嫁了人，或许生了儿女，那当然是完全改变了的。如果是别一个人，那是与我毫不相干的，可是丽德……我从来没有再看见她一次过，我宁愿不知道好。"

谛波继续凝看着他，于是，在他的胖胖的脸儿上，那惊愕的神色渐渐地消隐下去，把地位让给了另一种差不多是悲痛的表情。

"是的！"他低声说，"那倒是真的，她和别人不同，那丽德！她有点儿……"

这两个人静默地坐着，回到他们的回忆中去了。

那花园！……那灰色的石屋，后面的那两棵大树，和在那两棵大树之间的草地！草地上的草很长，从来也没有人去剪。人们在那草地上追斑鸠。还有那太阳！在这时候那里是老有着太阳的。孩子们从沿着屋子的那条小路去到那花园里去，或是小心又急促地一级一级地走下阶坡，然后使劲地跑到那片草地上去。一到了那边，便百无禁忌了。人们好像走进一个四面都有墙、树和那似乎在自己旁边的各种神仙等所守护着的仙国中，便呼喊起来，奔跑起来，这是一种庆祝自由和太阳的沉醉的舞踊。接着丽德站住了，认真地说：

"现在，我们来玩！"

丽德……她戴着一顶大草帽。这大草帽在她的眼睛上投着一个影子，而当人们对她说话，对她说那些似乎是非常重要的孩子话的时候，人们便走到她身边去，走得很近，稍稍把身子弯倒一点，又伸长了脖子，这样可以把她的那张遮在影子里的脸儿看得清楚一点。当她突然严肃起来的时候，人们便呆住了，向她伸出手去，看她是不是真的发了脾气，而当她笑起来的时候，她便有了一个预备做叫人喜从天降的事的仙子的又有点儿神秘又温柔的神气。

人们玩着种种的好玩的游戏，那游戏中有公主和王后，而那公主或王后，那当然是丽德她。终于不再推拒地接受了人们老送给她的那称号。她围着一大群的宫女，怕那些宫女们嫉忌，她非常宠幸他们。有时候她柔和地强迫那些男孩子去玩那些"女孩子"的游戏，他们所轻蔑的循环舞和唱歌。起初，他们手搀着手转着圈子，脸上显出不乐意和嘲笑的神气。可是，因为尽望着那站在圈子中央的丽德，望着她的在大草帽的影子中的皎白的脸儿，她柔和地发着光的眼睛，她的好像噘嘴似的在唱着古歌的嘴唇，他们便慢慢地停止了他们的嘲笑，一边盯住她看，一边也唱着：

> 我们不再到树林里去
>
> 月桂树已经砍了，
>
> 那里的美人儿……

他们分散了，他们老去了，他们之中有许多人没有重逢过。可是，那在许多年以后重逢的人们，却只要说一个名字，就可以一同勾引起那些逝去的年华和他们的青春的扑鼻的香味，就可以重新见到那个在屋子和幽暗的大树之间，在映着阳光的草地上朝见群臣的，妙月玲珑的小姑娘。

谛波叹了一口气，好像对自己说话似的低声说：

"人类的心真是一个怪东西！你瞧我，现在我已结了婚，做了家长了！呃！在我想起了我们都还青年时代的那个小姑娘的时候，我便一下子又会想起了人们在十六岁的时候想起的那些傻事情：伟大的感情，堂皇的字眼，只有在书里看得到的那些故事。这些都是没有意思的。可是，只要一想到她，那便好像看见了她，于是那些东西便又回到你的头脑里来，简直好像是了不起的东西似的！"

他缄默了一会儿，好奇地望着他的伴侣，说道：

"你！你准比我看见她的次数多，我可以打赌说那时候你有点恋爱她。是吗？"

合盖把肘子搁在膝上，身子向桌子弯过去，望着他的杯子的底。沉默了一会儿之后，他慢慢地回答：

"我既没有结婚，也没有做家长，你十六岁时所常常想起，而明智的人们接着便忘记了的那些事情，我却永远也没有忘记。

"是的，正如你所说似的，我曾经恋爱过丽德。现在，就是别人知道也不要紧了。别人所永远不会知道的，便是以前这事对于我的意义，以及它现在对于我的意义。在她只是一个小女孩而我也只是一个小男孩的时候，我恋爱她，我们的父母一定是猜出这情形而当笑话讲。在她变成一个少女而我也变成了一个少年的时候，我恋爱她，可是那时却一个人也不知道。以后，在这些年头中，一直到她去世后，我还那么地恋爱她。如果我要说出这种话来，人们是会弄得莫明其妙的。

"孩子的恋爱只能算是开玩笑，少年的热情的恋爱也不能当真。一个如世人一样的男子从那里经过，受一点苦，老一点，接着终于把那些事丢开了，而认真地踏进了人生之路。但是并不完全和世人一样的男子却也有，他并不走得很远。对于这种人，儿时和少时的小小的恋爱事件，却永远不变成人们所笑的那些东西。那是些镶嵌在他们生活之中的雕像，像龛子里的圣像一样，像涂着柔和的颜色的圣人的雕像一样；常人们沿着悲哀的大墙什么也找不到的时候，他们以后便又回到那里去。

"我以前老是远远地，胆怯地，怕见人地爱着丽德。在她嫁了人又走了的时候，这在我总之是毫无改变。我的生活那时只不过刚开始，那是一个艰苦的生活。我应该奋斗，挣扎，我没有回忆的时间。再则，我那时还很年轻，我期待在未来会有，各种神奇的事物……好多年过去了……我听到了她去世的消息……又是几年过去了，于是有一天我懂得了我从前所期待的东西，是永远不会来了。我懂得我所能希望的一切，只不过是另一些悲哀而艰苦的刻板的岁月而已。一种没有光荣，没有欢乐，没有任何高贵或温柔的东西的、长期而凄凉的战斗，只是混饭而已，而我却把我的整个青春，把几乎一切的生气，都虚掷在那骚乱中了。

"我感觉到我以后永远也不会恋爱了。在生活下去的时候，我只剩了一颗可怜的心了。就是这颗心，也还一天天地紧闭下去。你所说的那些伟大的情感，堂皇的字眼，许多人们所一点也没有遗憾任其死去的那一切东西，我觉得它们也渐渐地离开我，这便是最艰难的。我回想着往日的我，回想着我往日所期望的东西，我往日所相信的东西。想到这些都已经完了，想到不久我或许甚至回忆也不能回忆了，那简直就像是一个在第二次的死以前很长久的，第一次的可憎的死。我感觉到我以后永远也不会再恋爱了……

"在那个时候，丽德的记忆才回到我心头来。那个戴着遮住了眼睛的大草帽的，很幼小的丽德；那个和我们一起在那草地上玩耍的，态度像一个温柔的郡主的丽德；接着是那个长大了，成人了，温柔淑雅，而又保持着显得她永远怀着童心的那种态度的丽德。于是我对我自己说，我至少在许久以前曾经恋爱过一次，在我能回想起这些来的时候，我总还可以算得没有虚度此生。

"她属于我，像属于任何人一样，因为她已经死了！我退了回来，我重新再走往日的旧路，又拾起那些已经消逝的回忆，我对于她的一切回忆——许许多多的小事情，如果我把这些小事情说出来，人们是会当笑话的——而每晚当我独自的时候，我便一件件地重温着，只怕忘记了一件。我差不多记得她的每一个动作和每一句话，我记得她的手的接触，我记得她的被一阵风吹来而拂在我脸上的头发，我记得只有我们两人而我们互相讲着故事的那一天，我记得她的贴对着我的形影、她的神秘的声音。

"我晚间回家去，我坐在我的桌子边，手捧着头，我把她的名字念了五六遍，于是她便来了……有时候，我所看见的是一个少女，她的脸儿，她的眼睛，她微笑着伸出手来用一种很轻的声音慢慢地说'日安'的那种态度……有时候是一个小姑娘在花园里和我们一起玩耍的那个小姑娘。这小姑娘使人预感到人生是一件阳光灿烂的东西，世界是一个光荣而温柔的仙境，因为她是这世界上的一份子，因为人们在循环舞中和她携手……

"可是，不论是小姑娘或是少女，她一到来，便什么也都改变了。在对于她的记忆的面前，我又发现了我往日的战栗，怀在胸头的崇高的烧炙，使人热烈地去生活的灵视的大饥饿，和那也变成宝贵了的可笑而动人的一切小弱点。岁月消逝了，鳞甲脱落了，我的活泼的青春回了转来，心的整个火热的生活重新开始了。

"有时她姗姗来迟，于是我便起了一个大恐怖。我对自己说：这可完了！我太老了，我的生活太丑太艰苦，我现在一点什么也不剩了。我还能回忆她，可是我不再看见她……

"于是我用手托着头，闭了眼睛，我对我自己唱着那老旧的循环舞曲：

我们不再到树林里去

月桂树已经砍了，

那里的美人儿……

"如果别人听到了我，他们真会笑倒了呢！可是那'那里的美人儿'却懂得我，她却不笑。她懂得我，小小的手里握着我的青春，从神魔的过去中走了出来。"

*　*　*

路易·艾蒙（Louis Hemon）于一八八〇年生于勃莱斯特（Brest）。一九〇三年至一九一一年，他旅居在英国。接着他到加拿大去，在蒙特富阿尔（Mntreal）和贝特彭加（Peribonka）住了两年。在一九一三年，他在翁达留（Ontario）小城的车站中为火车压死，享年三十有三。

使他在法国文坛上一举成名的，是他的以加拿大生活为题材的长篇小说《玛丽亚·沙德莱纳》（*Maria*

Chapdelaine），然而，这已是他身后之事了。这篇小说先是在《时报》（*Le Temps*）上逐日发表的（一九一四年），起初并不受人注意，及至在格拉赛书店（Bernard Grasset）印成单行本出版后，始声誉鹊起，行销至六十余万册之多，造成法国出版界的一个空前纪录。

除了 *Maria Chapdelaine* 以外，他的作品尚有《那里的美人》（*La belle que voila*）、《拳师猛马龙》（*Battling malone pugiliste*）、《捉迷藏》（*Colin Maillard*）、《里波及其奈美西思》（*M. Ri pois et sa Nemesis*），等等，均有名。惜乎早丧，否则在今日法国文坛，必占首要地位。

《旧事》原名 *La belle que voila*，系自同名的短篇小说集中译出，收在 *La belle que voila* 这一个集子中的，都是艾蒙旅居英国时所写的短篇小说（一九〇四——一九一一），大都以伦敦生活为题材。《旧事》一篇独异，背景、人物、手法均是法国性的，故特译出。

杀人犯克劳陶米尔

马赛尔·茹昂多

牧师的住宅在天主的视线下很好地被保护着。在牧师住宅的对过，住着一个杀人犯。这杀人犯是本地方一个最漂亮最壮健且最强有力的男子。牧师先生敬礼他。这杀人犯很尊敬牧师先生，牧师先生也很尊敬这杀人犯。他之所以杀人，是他为了爱情的关系——他杀了他妻子的情人。这在他是一种尊严，一种第二的威权。连他自己也把这个灿烂的牺牲赞美过的。

在他那卖兽肠的父亲的一个牧场里，他从小就俯着身子看那血沟了。那血是从城里屠场的沟渠里渗注过来的。这对于他是一个注定的命运。牧师先生很了解他的犯罪，虽然他自己为了许多原因没有犯这个罪。

克劳陶米尔头部的姿态像一个国王，说话的语气像一个演戏的。这姿态，这语气，使本巷听见那被杀的人的喊叫声的小孩子们不得不学他，比"舞台之王"的魔力还要大。

当整个麻木的城已经等待了几个月的那个悲剧之夜，在复仇天神的光亮的刀子下展开来的时候，所有的人都站在窗口看他犯这个罪。从缩在百叶窗后面的牧师先生起，到那躲在玻璃窗后面脸色也发青的高尔尼歇军佐为止，就是女裁缝达尔皮小姐也不例外，她在露台上露脸了几分钟。

所有的人都知道细陶尼有一个情人，知道克劳陶米尔是知道的，并且知道他不久要把他们两人都杀了。这个情人不该是一个下级军官，这在克劳陶米尔看来是一个狗种。在大家的心里想来，克劳陶米尔恐怕能原谅随便哪一种人，就是一只狗做他妻子的情人他也能原谅，可是他不能原谅他妻子的情人是一个下级军官。

第一次他从远处回来看看本乡，他是在战场上开汽车的。他乘这机会来给他的邻人演了一出喜剧："细陶尼为了谁才把白花边的窗帘挂在她窗上呢？她为了谁才买两条镂花的被单呢？他从床上草褥里找出来的那些表、手镯、耳环是谁给她钱去买的呢？"这是这故事的第一场。他在他朋友那里哭泣，随后用很大的声音在城市人多的地方喊着。克劳陶米尔为细陶尼跳着的心震动了全球。人看见他显身出来，仿佛一个战士，脸又青又白，身上披了一个白花边的窗帘，肩上搭着一条镂花的被单，手上戴满了他妻子的手镯和戒指。在对面鞋匠的冒热汽的汤旁边和老实的碟子中间，随后在路角上杂货商人的账簿前，他每说一句话，便把表、耳环、香水瓶摊了出来，这些都是不言而明显的证据。

他整夜地关了门审问他的一个十二岁、一个十岁的女儿，为可以发生效力，他便用刑，问她们关于她们母亲的情人的事情。

当他第二次回来的时候，克劳陶米尔去找他的两个朋友。细陶尼从早就蹲在洗衣桶里，她的两个女儿拿了铅皮盖把她盖好了，不过到了晚上，她不得不跑出来了。现在她抖索索地坐在屋子里边的一张草做的椅子上，一盏壁炉上的灯在她旁边点着。三个男子进来了。其中的两个惊愕地看见克劳陶米尔锁了门，背着脸跪在细陶尼面前。当他跪着走近细陶尼的时候，他温柔地把嘴唇点着他妻子的藏匿着的腹部，隔着围裙亲着。真真的眼泪从他眼睛里涌了出来。他把她的衣服脱了。从前做过细陶尼的情人的，牙医奴阿莱，看了这情形没有猪肉商人都尔多那样好奇。这两人都以为他要在他们面前把她杀了，不过他们连做出假装要阻止他杀他妻子的手势也不敢；他们只在灯的两边发着抖，像在天主面前一样。细陶尼在牙医奴阿莱和猪肉商都尔多之间，看到了她的"末日审判"。都尔多那好天使，在一个穿了睡衣的女人的眼里的不可抵抗的请求之下，不时结结巴巴地说："我不愿意搅扰你，克劳陶米尔……"终究，克劳陶米尔怒着大骂："你们是我的朋友呢，还是她的情人？"这一来可就静得一点声音也没有了。细麻布的睡衣从上边撕到下边。"他打了什么怪主意了？"奴阿莱自言自语着。"他有了点什么风声么，他会不会叫我和细陶尼像亚当夏娃一般赤裸裸地面对着面，在都尔多的面前把我们杀死？"他机械

地动手解开他的领结。这恐怕是为省得克劳陶米尔用武力来
脱他的衣服，亦恐怕是因为他从前有过这个习惯：当他看见细
陶尼裸体的时候，他就开始脱起衣服来。但是他认识的那女人
的两条腿，已经露在风里了，接着便要脱那钉上铁的两只长
靴。都尔多在心里惦念着那消失在被魔鬼抓去的一个女人的
头发里的几点血。在魔鬼的跳舞里，细陶尼想到今天在死于这
三个疯了的男子的眼前之先，幸亏很清洁又很美丽，便增加了
她的勇气。

当她的气尽力竭了的时候，克陶劳米尔拿着她的脚把她转
过来向着灯光。他第二次又俯身很温柔地去亲细陶尼的腹部。
好像在身她上有某种东西是值得原谅似的，好像她的"性"在
替她的奸淫哀诉，他对这"性"说了些温言蜜语，可怜它，埋
怨它虽则在这颗心下面却会让头脑摆布。他对它说："我从你
这里只得到些温柔，除克劳陶米尔以外，还有谁能使你满足
呢？"在这风平浪静的当儿，人们可以听见细陶尼的两个女儿
在门后哭泣。末了，克劳陶米尔很礼貌地转过来向着猪肉商都
尔多和牙医奴阿莱，请他们也原谅他。他说："我选择你们两
人……做我誓言的证人，在猪肉商都尔多和牙医奴阿莱前，细
陶尼，你听见了没有？我发誓要杀掉……"两个男子从细陶尼
的房间里走出去，后面由克劳陶米尔，照亮着他们，好像走出
了另外一个世界一样。在门口，他们遇见了两个小女孩，她们
是来安慰她们的赤露着的母亲的。他们回到了家里，觉得很需

要摸摸墙壁和家具，为的是好放心他们不是再回到自己家里来看看已经死了的人。

那下级军官是认识克劳陶米尔的。他怕克劳陶米尔比怕一切的人都厉害，不过他想与其在乱草丛中为了一个观念被一个像我一样无辜的不相识的人杀了，还不如为了一个女人在一张漂亮的床上被一个预料到的人杀了的好。他对于这样的结果已经渐渐习惯了。他默想着这个结果。星期日的早晨，当细陶尼让他一人醒在床上的时候，在他将要死在这间的屋子里，他还好玩地研究着这个结果的最细微的情境。不过有一晚他起了有一种可怕的预感。他只愿意第二天再来。细陶尼派了她的大女儿去找他。他洗了脸，写了遗嘱才来，好像一个判了死刑的人似的。他们这一夜格外地情狂，因为有一种特别的冷汗包围了他们。时候已是午夜了。下级军官用一个指头摸了摸细陶尼的眼睛。她睡着了。他在三点钟醒过来，因为楼梯上的第一扇门开了。他听见那个来杀他的人走过来。心一跳动，他想赶快从窗口逃到路上去，不过他记起这已经来到了的时间是他所预料到的，他记起在平日安静的时候，他曾选定要舒服地死在这床上的。他很热。不过假如当他不知趣叫唤的时候，他恐怕亦可以如同一只狗做的，在那一秒间一下子醒过来的全城的视线下，到外面街上死去，那时身子便可以冷了。第二扇门开了。在烛光下，他望见那凶手的苍白而尊贵的脸。他立刻感觉到一种热望，想从盖脚毡子里去找手枪来杀一个人，或是做些声音把噩梦赶跑了。不过这是不是太晚了呢？两个小女孩已经在间壁屋子里哭起来了。于是在一种简单的，不断的，疲乏的，好像有一世纪长久的手势里，他把在被单下分开了的两只手合在一起！这两只手先忍着不来保护他的；他慢慢地松懈了他脖子上的筋，让他的那个不该还在无益的不安中挺直着倔强着的头可以落到枕头上去。

当这下级军官已经完成了他的自弃的行为的时候，那凶手还希望着。决意要杀人的克劳陶米尔，却比束手待毙的下级军官还要痛苦。他尽希望着细陶尼是独自一人睡着。他是坐一辆货车回来的，这样可以使人来一个出其不意，好像一种预觉似的。消息跑在他的前面，说有人在头一天晚上在荆棘堆里望见了他。他在那里过了二十四小时。当他弯身向他妻子的床上去的时候，他还以为自己在那些刺他的眼皮的草丛里。细陶尼醒过来了。一瞬间她完全懂了。她发出平生最大的声音来，破了人间的寂静，又唤醒了全城。她情人的被砍破了的脖子里流着血。克劳陶米尔温柔地对她说："好好地爱他。抚摸他，嗳，抚摸他呀。我呢，我要坐牢去了，这比在你怀抱里更好。"她发出一种又长又尖的哀鸣来，这哀鸣好像一群狼似的，单调地跟随着那个将死的人的轻轻的呻吟。关在间壁屋子里的那两个小女孩的声音，又破空响了出来。

克劳陶米尔在千把只盯住了的眼睛下绕城走了一圈。在他经过的路上，每个窗口都饰满了所有的人的白色衬衣，好像圣体瞻礼节那天挂的络绎不绝的白布一样。

　　一刻钟以后，他回家来看看他做下的成绩。那人还活着。细陶尼正在很艰难地走到厨房里去找水来给她情人洗太阳穴。凡是她手碰过的地方，都发出一种紫罗兰的香味。当克劳陶米尔偶然在那将死人的额角边发现这个爱情的高尚的表记的时候，他不由得钟爱细陶尼。不过为使这人好闭上眼睛，他走前去又给了他一刺刀。因为他嫉妒着他情敌死在这紫罗兰香气里，他拿着他妻子的可赞美的手臂绞着。恐怕他有一时竟愿意永远关起门来，把她杀了，再把自己杀了，或是在他胜利的沉醉中，在那死尸身上再可怕地占有她一次。巡警来了，他才没有做成这种鲁莽的事情。他明白地谢了他们，仿佛主人跟仆人似的，跟了他们出去。

　　自从细陶尼看见下级军官已经死了，她感觉到一个尸首是件累赘。于是她铺起床来，这为的是免得失措，并且还可以好好地接待将要走到床前来的巡警。

　　一辆柩车在天没有亮以前把尸首载了去。这次她没有旁人在眼前了，她叫了她的两个女儿来帮她整理那凶杀所必定要酿成的紊乱。

　　细陶尼爱清洁甚于爱首饰。当天亮的时候，她对于房间里地板上的血迹，比对于下级军官的死还要感觉灵敏。她偶然回忆到他们结婚的那一晚，克劳陶米尔使她特别呕气的，是因为他在她白衣服上压死了一只大蜘蛛。这种来得凑巧的比拟使她微笑了，那使她对于下级军官所剩的一点心，迷惘之心，也失去了。她立刻和她的女儿们把血迹擦了去。

有一个一些也不知道的乡间女人，从乡下到市场来卖青菜，问她这样早干什么。

"打扫房间。"她很简单地回答说。

第二天，她差了克劳陶米尔的女儿们带着鲜花到她们父亲的牺牲者那里去，她自己也很忠心地每个星期用花去装饰他的坟墓。

"我们能替他做的，就只这一点了。"

下级军官的母亲愿意见她。她们在一起哭泣。细陶尼怨她的丈夫。不过当下级军官的母亲也怨起她的丈夫来的时候，她对她说她不幸做了克劳陶米尔的妻子，不过她不愿意听人说她丈夫的坏话；她说她常常怕在人间被她丈夫杀了，然而她却没有希望他死的权利，又没有不爱他的权利。

过了几个月，克劳陶米尔被宣告无罪，回到家里来，回到原来的屋子，在两个女儿和他的妻子旁边养老。他们造成了一个模范家庭，——在这模范家庭里，人们在很有次序、很清洁和有一点音乐的环境中，比别处的人还更相爱。

爱情的屋子就是杀人的屋子。

一种大恐怖包围住细陶尼的从此不可接近的前额。

克劳陶米尔的床是一个断头台。

那凶手的手使那些没有勇气拒绝和他握手的人从脚跟一直

冷到头顶。

在听见过他杀人的小孩们的眼睛里，一顶王冠和一件红色的大氅是永远穿在他身上的。

他的两个女儿和他的妻子在他面前发着抖，她们很恭敬地伺候他，像伺候一个王者，这是他在他的周围和任何他和她们同在一起的地方，他自己所造出来的"恐怖之王"。

他在恋爱上做得那么的过分，以致对于那些被人爱的女子们和爱人的男子们尤其发生影响。当一些懦怯的人走近他的时候，他们便会脸儿发白的，因为他的大胆在责备他们。一些大胆的人在他面前会脸儿发红，因为他们用暴力还用得太晚了。

市长先生以为古时候在非教徒里边，像这样的人该禁止住在本地的。

他是地狱里诸王中的一个，在那地狱中，每个定罪者都是永远不动地坐在火的宝座上的。

牧师先生向他行礼。

所有的人都怕他。

对于克劳陶米尔，所有的人都和下级军官一齐死去了。

他是独自一人。

他看不见牧师先生向他行礼。他看不见他的女儿们伺候他。他不感觉到人们的手在他的手里冷起来。

他是杀人的凶手，他孤独地在他的勇敢的国里，在一个妻子和他所背离了的世界的尸身之间。这个世界，他是在有一夜一刀子自愿地和它分别了的。

除他以外，谁有权利去爱细陶尼呢？现在他不再爱她了。他只爱他自己。他钟爱他的右手。在这只手下面，整一省的人都屈服于他。只有当他在一个矮人的嘴里碰到了他在上帝的苦痛的回忆中所给自己永远地取下的那个"名号"的时候，他才觉着要发怒，因为他竟不知道应当笑好还是哭好。

他看不见牧师先生，也看不见其余的人。他已经把他们杀了。他徒然在晚上要他的这一个女儿在他的右边唱歌，那一个女儿在她的左边拉梵阿铃。他听不见她们奏的乐。他叫人碎成一块块而拿下地窖去的木柴，不能使他温暖了。他对于在他门口关在金笼子里的成群的鸟，和装饰在他屋子窗前的花，也都没有感觉了。

他在很远的地方。他只是孤独一人。

他知道地球的界限，因为他自己已越过了界限。

世界对于他是一个下级军官，那因为他要永远绝对一人和细陶尼在一起而杀死了的下级军官。

* * *

马赛尔·茹昂多（Marcel Jouhandeau）于一八八八年生于葛雷（Gueret）。他藏匿在甚嚣尘上的巴黎著作着。一点轻微的声音，一点微弱的光都会使他不安。他不能忘记他的故乡，他的精神和想象不断地在那里巡逡。他呈示着一种谦卑。他的那些毫不鼓吹而出版的作品，受着那些真正有鉴赏力的少数的读者欣然地阅读。

茹昂多用一种新的手法来表现一个他所创造的世界，他知道选择别人所忽略的琐节，用了这些，他砌成一件人们所不能忽略的，不能忘记的艺术品。

他的小说的题材，大都取之于小城。那些下省的小人物，他们的恒长而深刻的特点，他们的渺小的生活，他们的特异的热情，他们的性欲的变态，他们渺茫的理想的贪切。这些，都在他的著作里活跃地表现出来。从那里，我们又可以看到他的独特之处：他的心理表现得极端的明晰，和文字的那种热烈的干燥。

他的小说约有二十种，其中最著名的是短篇集 *Les Pincengrain*（一九二四）和长篇 *Monsieur Godeau intime*（一九二五）。这些所译的这篇《杀人犯克劳陶米尔》，即从 *Les Pincengrain* 中译出。

三个村妇

爱兰·福尔涅

　　两个妇人在那住在村口孤立的屋子中的麦朗太太家里做客。那是二月一个悠长的下午的起始。自从早晨起，风就像一队要整天奔逃的溃军一样地挟着雪经过了。在那临着园子的低窗边，一株没有叶子的蔷薇树的枝条被飘摇着，不时地敲着玻璃窗。

　　在她们的门户闭得紧紧的客厅里，像在一只系缆在中流的小舟中似的，这几个妇人谈着天气。她们是三个年轻的妇人，是村中最可怜的妇人。最年轻的昂利太太，便是把颊儿贴着玻璃窗的那个。那在窗沿上反映着的从外边来的光，慢慢地来到客厅的幽暗中描画着她的侧影。

　　"在我妹妹小的时候，"她说，"她的大愿望便是在这样的大风雪天中走到外面去，就是现在也还是这样，当雪遮住了平原上一切的东西的时候，或是当漫天大雨的时候，她愿意做那关在玻璃的屋子里在大雨中旅行的机车手。"

　　"她今天在做什么？她为什么不来？"

"她留在家里。她打扮好了。我们好久以来就每个下午在打扮上做功夫了。你们能够知道她会怎样美丽就好了！"

她那么怯生生地有情地讲着这个浪漫的小妹妹啊！她怎样宝贵地回想着她的那些不关紧要的孩子话啊！然而她的妹妹却是一个已经有过许多次浪荡行为的少女了。昂利太太把什么都遮掩住了。有那张被深陷的颊儿的暗影所烘托得格外瘦削的很苍白的脸儿上，人们苦痛地想象到被那些故事所准会逗引起来的红晕。然而，在这个时候，她却堂堂皇皇讲着玛丽，像讲一个无瑕的女孩子一样。

其他的那两个妇人带着少妇谈少女所有的那种很懂世故的态度回答着。她们的谈话也是带着同样的节制进展着的。她们这样地谈着一切东西。照她们的话描摹起来，世界是用礼仪和纯洁组织成的……有时大家沉默着。这沉默满载着一切的苦痛，一切不该说出来的可怜。那时候，人们便听到大风的辛酸的嚣声，在远处消逝。

这一个下午，昂利夫人去奏钢琴。那两个妇人起初寂然地坐在她们的石榴色的安乐椅上，很恭敬地听着。接着一个轻轻地倾倒了脸儿，好像一个要人对自己附耳低声说话的女人似的，于是另一个也不期而然地学着她的同伴的样。那柔和的，同谋的声音一唱，一切的艰苦便都遗忘了。那星期日晚间在烛光下的，长长的一个星期的账的结算。那当丈夫不回来，而静静地玩畅了的孩子们又都睡着了的时候，在膳室里的无尽期的等待……

音乐诉说着散步、乐园和定情，接着它缄默了。于是，当下午完了的时候，这三个妇人又格外慢地讲起她们的幸福的回忆的故事来。昂利太太回想着她们父母的住处。在那边，从前，在冬天的美丽的夕暮，她和她的妹妹玛丽都是有所期待的幸福的少女。对于其他两个妇人，德弗杭斯太太和梅阳太太，生活似乎在订婚期，在和她们的丈夫最初的郊游的时期就停止了——那时她们的丈夫带着她们坐在马车上到各村庄去卖货，——或是，在傍晚，当他们在路上步行的时候，他们抱她们跨过水洼……那些可怜的妇人们是在做客，而一切的艰苦都已遗忘了。有时候，只有那留在心头的重量。

这时候，在小村旁边，在一所空屋子的前面，群众啸集着。在五点钟光景，昂利太太的妹妹打扮得崭新地到了那里。她穿着一件使她显得像一条榛树枝一样娉娉婷婷的直衫子，带着一顶黑色的大帽子。在那顶帽子下，我们可以猜测出她在微笑。她打算把什么都讲给那个等待着她的男子听。她想他终究会爱她而原谅了她。可是他呢，他前一天就知道"他不是第一个人"了。他气得发了狂，带了许多男孩子和女孩子到那空屋子里去等玛丽。当那个女孩子到了那里的时候，他们剥了她的衣裳，打了她一顿，然后把她锁在空屋子里。那些女孩子把过路人都啸聚过去。

人们都凑到窗口去。那女孩子缩在那被夕暮所遮暗的大房间的最暗黑的一只角隅上。他们故意作弄她，只让她剩一顶帽子。从她的俯着的脸儿上面，人们只看见一个鼻尖儿。她像一只被人用石子掷过的癞皮猫一样地抖着。

隔壁咖啡店里的男子们都走出来瞧这个。那位有点微醉的梅阳先生是在第一排上。他打趣着说：

"如果再这样下去，全村都要跑过来了！可是该瞧瞧她的姊姊会摆出怎样的嘴脸来。应该去找她来。"

"已经有人去过了，"那个在女裁缝店里做工的大女孩子说，"她不在家，门关着。"

"那么到我家里去找吧。她或许和我的女人在一起。"

于是那个大女孩子便领带着一群顽童，向两个妇人在那儿做客的孤立的屋子走去。她在臂上搭着一件像睡衣一样直的弄脏了的衫子。

在梅阳太太家里，那三个妇人似乎听到一片辽远的嚣声，像是一片飘过去的大风的嚣声似的。她们侧耳谛听着，可是，在这悠长的下午之中，她们对于她们的紧闭的客厅的氛围气已经那么地习惯了，所以她们一点声音也听不见，就连钟摆声也听不出来。

"我们已不听见钟摆的声音了，"她们说，"难道钟已停了吗？"

"时候一定已经很迟了！我们走吧。"

"我送你们。"梅阳太太说。

可是，在走到门口的时候，她们便好像是晚间回家找不到自己的屋子了的那些人一样。她们三人众口同声地喊："啊！"她们的声音又响亮又奇性，正像从前我母亲夜深开门，看见一片神秘的月光，像一片碧水似的穿进我们的院子的时候，所发出来的声音一样。她们立刻自问什么东西使她们发出这种呼声。那伸展在她们前面的景物是那么地一目了然，以致她们有点为难起来，正如一个已用不到灯笼在月夜出门的人一样。一切压在心头的重量都已松卸了。世界已变成像那可怜的做客的妇人所为自己造出来的乐园一样了。

在她们前面，那通到小村去的林荫路逶迤着。在那里，大风已停止了呻吟，停止了摇撼树木了。人们感觉到它已飘到另一个风景中去。可是雪花却飞舞着，迟迟地落到地上去，它们像一群想啄她们的脸儿的好奇的小鸟，或是像一群被眼睛的光所吸引的蛾儿似的，在这三个妇人的头边飞翔着。

"我们到村子里去看看有什么事吧。"她们之中的一个人说。

在林荫路的尽头，路旁有一弯小河。平常，在吃夜饭的时候，衣衫褴褛的顽童总在那边闹着玩的。在夕暮的时候，人们总听到他们的尖锐的声音，好像晚放学时的喧声一样。这一次，那些妇人们却一点声音也不听见。可是，在转弯的地方，那条上了冰的小河却像一条大江似的扩张着。在远处，到处都是冬天，但那冬天却是像是挂在少女们卧房里的四季书店所印的那些画里的冬天一样——有披着在风中波动的太轻俏的白色和黑色的溜冰者,在黄昏中桃色的树林的背景上溜着冰的那种"冬天"。

"我们快点到村子里去吧,"她们说,"我们的丈夫不知要怎样说呢?"可是丈夫已经没有了,那只是未婚夫了。她们所碰到的第一个人是梅阳先生。他坐着马车来到村子边。她们在路侧一字排开。他喊着:"哦!……啦!"于是马车便在俯瞰着全村的山丘边停了下来。这样一来,那些妇人和马车都在大地的阴影里,只有马的鼻孔似乎在夕暮的青天上颤抖着。梅阳先生好像旁边没有别人似的对他的年轻的妻子说着话,正如往日一样。"你那么晚地在路上走着,小姐,"他对她说,"你不愿意坐到我的马车上来吗?"她答应了,于是他们便这样地走了。他驾御着马,他的上衣在风中鼓起来。天气并不比四月更冷一点。她回想起她的童年,回想起在日暮坐着马车所穿过的村庄的广场。在灯光明亮的旅店的窗帷后面,那些已不复是打弹子的人的影子,来往地走动着。

那其他两个妇人沿着那上端被夕照所剪碎了的篱笆,继续走她们的路。正像那在夜没有降临之前出现在一片风景的边缘的月亮一样,她们两人都来到了山丘的顶上。那时她们便发现了围着村庄的那些极大的花园,正如她们小时候所看见的一样。德弗杭斯太太走到那些花园里去,在那里,她的未婚夫等待着她。他扶她跳过水沟,而那娉娉婷婷的少妇举起的手臂，画了好像是一条纯洁的线……

他们不见了。昂利太太独自个走着她的路。她想起了在小学校里读过的这句诗：

"薄暮用辽远的人声所充塞的道路……"

于是她听到了那些她从前常常想听的人声。有的很近，比泉声更柔和；有的在那边，在那大地的另一端沉到有一颗星升起来的白色的太空去的那条路的尽头。

她毫不停留地穿过了村子。另一些妇人，在像处女一样地孤居在她们的屋子的门槛边，把她们的初生子举到她们的长裥襞的衫子上面，和她们的高高的身材上面。她这样地来到了那村子的最后一所空屋子边，于是她看见在窗子后面有一个少女直立着，凝望着道路。在空气中和玻璃窗上，有着薄暮在雨后飘浮在一切东西之间的那种不可捉摸的青色的烟雾。人们只看见那少女的脸儿和她按在玻璃窗上的手。她身体的其余各部，都已像隐没在一身漂亮的衣裳中似的，隐没在她的房间的幽暗和绿色的反光中了。而那些像疲倦于一日的劳作似的疲倦于生活的来到村口的人们，都对自己说着：

"这才是我在梦中看见过一次的美丽的境界……啊！这在窗前的正是我在世界上找寻了长久的人！"

他们不知道这个少女名叫玛丽，他们也不知道她之所以裸着体，是因为她的情人把她的衣裳撕碎了。

＊＊＊

　　爱兰·福尔涅（Alain-Fournier）于一八八六年生
于法国中部式尔（Cher）省之沙拜尔唐季雍（Cha-
pelle-d'Angillon）小城，然而他的童年却大部是在式
尔省边境的爱比纳勒弗里艾尔（Epineuil le Fleuriel）
小村中消磨了的，因为他的父母是那个小村中的小学
教师。在十三岁的时候，他有志做一个海军士官。所
以在巴黎伏尔戴中学（Lycee Voltaire）肄业了一个时
期之后，他便去到勃莱斯特（Brest）去预备鲍尔达
舰的考试。可是在勃莱斯特住了一年后，他对于航海
的梦渐渐地幻灭了。他便回到故乡去。一九〇三年当
他十七岁的时候，他进了巴黎附近的拉加拿尔中学
（Lycée Lakanal）做考高等师范学院的准备。在那里，
他认识了将来的《新法兰西评论》的主编约克·里维
艾尔（Jacques Riviere），而和他成为莫逆之交。从这
个时期起，他才渐渐地走上了文学的道路。他开始和
文士交游，而在一九〇七年高等师范学院考试失败
后，他便一心从事于著作了。

　　他的杰作《大莫尔纳》（*Le grand Meaulnes*）成
于一九一三年。这是他的最初也是最后的一部长篇小
说，因为在次年他就在欧战中战死了。这部小说先在

《新法兰西评论》发表，接着就印成单行本。虽则没有得到一九一三年的龚果尔奖金，这部书却受到读者和批评界的热烈的接受，推为稀有的杰作。

《三个村妇》（*Miracle des Trois Dames de Village*）系自他的短篇诗文集 *Miracle* 中译出。我们可以说这是一篇美丽的散文诗，像梦一样的朦胧，像梦一样的幽暗。

国图典藏版本展示

法蘭西現代短篇集

法蘭西現代短篇集

中華民國二十三年五月初版
中華民國二十三年五月發行

實價大洋八角

（外埠另加郵匯費）

選譯者　戴望舒

發行者　韓振業　北江西路三六八號

印刷者　天馬書店

總發行所　上海北江西路三六八號天馬書店

分發行所　各省特約所各大書坊

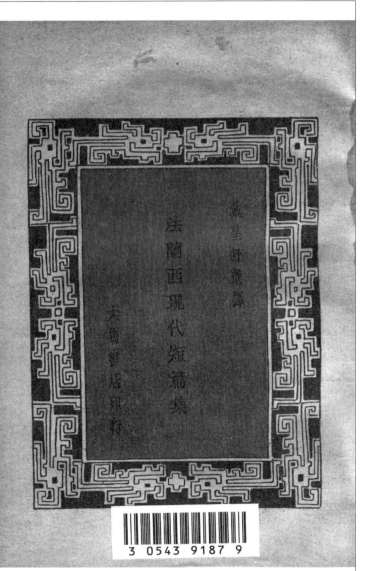

戴望舒選譯

法蘭西現代短篇集

天馬書店印行

目次

— 1 —

憐憫的寂寞

季奧諾

他們靠在驛站的小門上坐着。他們不知道怎麼辦，望着那輛破舊的公共馬車，然後又望着那條被雨所淋得很油潤的路。冬天的下午是在那邊在白色而平坦的泥濘中像一件從曬衣架上掉下來的衣衫一樣。

這兩人之中的肥胖的那一個站了起來，他在他的毛絨的大褲子的兩邊摸索着，接着他又用手指挖着那個褲子上的小小的口袋趕車的已爬到了座位上去他已經用舌頭作了一個響聲，而那幾匹馬也已經把耳朵豎起來了。那男子喊着：「等一等。」接着他

— 1 —

對他的伴侶說：「來」。於是那伴侶便走了過去他是很瘦的，穿着一件太大的破爛的牧

人穿的厚外套便顯得惶裏惶當了項頸從粗糙的毛織物間露出來祇有皮和骨像一條

鐵筋一樣。

「上那兒去」肥胖的那個問。

「上鎭上去。」

「要多少錢？」

「十個銅子兒」

「上去吧」肥胖的那個說。

他彎身下去分開了厚外套的下擺，把那另一個人的腿一直提高到踏脚板上：

「上去吧」他對他說「使點勁兒老哥」

應該讓那位姑娘來得及拾起她的紙盒子擠上車來她生着一個線條很粗的全白

色的好鼻子她知道別人在看她的塗着粉的鼻子於是她好像帶着一種刁惡的神氣似

—— 2 ——

地老是有點側側目而視着，為了這個原故肥胖的那個對着她說：「對不起，小姐。」在前面，有

一位又肥又軟的太太，穿着一件領口和袖口上都有皮毛的大衣一個出店司務把自己

的身體緊貼着那位太太，為了使他的肘子可以格外接近地砸到她的乳房的下部起見，

他叉開了胳膊，把他的拇指放在他的背心的袖口裏。

「靠在那邊」肥胖的那個聳着肩說。

另一個便傾倒了頭休息着。

他有一雙像死水一樣沉寂的美麗的青色的眼睛。

馬車很慢地走着，因為正在上一個斜坡青色的眼睛伴送着樹木的移動不停地，好

像數着牠們一樣接着馬車穿過一片平坦的田野，於是在玻璃窗上除了那到處都是一

般無二的灰色的天空外，便什麼也沒有了。目光像一個釘子似地凝止着牠住在那個

肥胖的太太身上但是這目光卻有橫睨的神氣，望着更遠的地方很悲哀好像一頭縣羊

的目光一樣。

那太太拉緊了她的毛皮的領口那出店司務摸了一摸自己的褲子的前部看看褲紐是否扣好着那小姐拉着她自己的裙子好像要把牠拉長些似的。

那目光老是釘住在一個地方牠在那裏撕裂牠在那裏像一個刺似地蘊蓄。

那太太用她的手套的皮拭着她的嘴唇她拭乾了她的耀着柔潤的涎沫的嘴唇那出店司務又摸了一摸他的褲子的前部接着他便模做着一個有痙攣病的人伸直他的彎曲着的胳膊他試想凝着對面的那兩道死水一樣的目光,但是他終於垂倒了眼睛,然後又把手按着他的胸口皮夾子是好好地在那兒然而他依然還把牠橫摸豎摸個不止。

一片陰影充塞在馬車裏;小鎮用牠的兩隻長滿了癬疥的房屋的手臂接待着驛站的林蔭路牠一邊獻出一家「商業花園旅館」一邊獻出三家妬忌而含酸味的雜食鋪。

教士先生把煙斗的灰挖在獻禮盆中,煙灰缸是在那邊禱告檯的攔板上他把他的剛抽過煙的煙斗放在匣子裏現在他是要來把那幾期修道夜課按照街路和屋子分開來，以便去分送給定戶缺了三本雜誌。他把那些雜誌捧起，一份十字送報攤露了出來。最後那三本雜誌在那裏了，壓在他的弟弟剛在拿來給他的那包豬肝的下面「真不小心……」

一個書面弄髒了。他把那本雜誌拿到窗口的灰色的光線中去看看這油跡看不看得出如果斜看那是看得出的……那時祇有把牠拿給像燈店裏的布雷太太那樣的人了。她是不會仔細細看的；她的手指上老是沾着煤油她會以爲這是她自己弄髒的

在那邊在地板上還有一塊糞土，也是阿道爾夫帶進來的，那是牲口房裏的糞土有着一個脚踵的印跡敎士先生站了起來他用鞋尖兒輕輕地把牠踢到火爐邊去

「瑪爾特有人在打門。」

「什麼?」瑪爾特推開了廚房的門問。

「我說有人在打門。」

在那女僕的身上圍裙的細帶子把她的大乳房和肚子劃分着。

「還有人來先生你也可以去看一看啊我生着這兩隻腿……我的氣腫……老是

— 5 —

走上走下……你總有一天會看見我的結果的」

又打了一次門。

「你去瞧一瞧吧。如果沒有什麼了不得的事，你就在下邊辦了這樣的天氣上來的人們會把我到處都弄髒的」

她的臉上沾滿了油。

「這是在安放肥肉的時候沾上的，」她說。「食櫥是太高了一塊肥肉溜了下來，我用臉兒接住了牠」

「來了，」敎士在甬道中喊着。

接着他拉開了門門開了門。

「先生您好！」肥胖的那個說。

生着青色的眼睛的那個瘦子是在後面在他的外套裏發抖。

— 6 —

「我們不能給錢，」敎士看見他們的時候說。

那胖子除了帽子。那瘦子舉起了手目光直釘住敎士。

「您難道沒有什麼小工作嗎？」那胖子說。

「工作？」

於是敎帥便顯着思索的神氣同時他輕輕地推上了門。

「工作。」

他把門開大了。

「進來，」他說。

那個已經把帽子戴上了的胖子，這時又急急地把帽子除下了。

「多謝您敎士先生多謝您」

於是他在刮泥板上刮去了他鞋上的泥雖則門很高，他也微微地彎着他的背脊走了進來。

另一個一句話也不說，他走了進來，身子是高高的，脚很髒；他用他的青色的冷漠而悲哀的眼睛望着那教士的一舉一動。

人們走進了一道可以通車馬的甬道因爲教士的住宅是一所從前的鄉下大地主的屋子。接着是一個方院子在這個院子裏有兩座樓梯像院子一樣方的大梯級躍昇到上面去。

「在這兒等着我，」教士看着那兩雙骯髒的脚想起來說。

他上樓去。

那胖子默默地微笑了一下。

「你瞧行了，」他說，「我們已化了二十個銅子兒了⋯⋯」

「瑪爾特⋯⋯」教士在走進去的時候說接着又立刻說：

— 8 —

「你在那兒幹什麼？」

那是熱騰騰地放在白木桌上的一盆菜，豬臟和一塊塊像花一樣的紫色的肝，一球球的胸腺都一起發着爆裂的聲音。

「一盆『雜燴，』」瑪爾特說。

於是她開始斟出一縷有葡萄蔓香味的濃酒來沸油的聲音靜下去了。

「這是今天晚上喫的嗎？」敎士問。

「是的。」

「對我說，瑪爾特你知道我在想什麼我們趁機會修好抽水唧筒的水管好嗎？」

「那是非得下井去不可的，」那斟着酒的瑪爾特說。

「是呀，」敎士說。

她一句話也不說接着她一下子把那長頸酒瓶拿直了；她把那盆菜拿到火爐上去。

「那麼你呢你找到下井去的人嗎那鉛管匠說的什麼你是知道的。他不願意送了自己的性命。那是一口古井而且又是在這種的時候你找到了人嗎？……」

「聽着：下面有兩個人他們要求做一點工作。這好像是等錢用的人」

「那麼應該利用一下啊」瑪爾特說「因為，你是知道的那個鉛管匠，他已對我說過了，他決不肯下井去。如果他們等錢用那麼我們應該利用他們」

「就是這麼一會事，」那教士說「我們有一個抽水唧筒，鉛管是貼着井壁扣住着的。有幾個鐵扣準已經鬆脫了。我們可以說鉛管是脫開了，於是牠便懸空了。牠這樣地完全由上面的鉸桿牽住着，一不小心便會完全脫落了。我有着結實的鐵扣。牠祇是要有人下井去……」

「你的井深嗎？」那胖子問。

「不」教士說「不呃總不會很深的，你知道，這是一口家井：最多十五或二十米突深吧」。

「遠嗎?」

「不,就在這兒。」

牧士向院子的一邊走過去,那胖子跟在後面,而另一個也曳着他的大外套跟在後面。驕上有一扇小門門下面有一個被水所腐蝕了的古舊的石水漕他開了那扇小門,樞軋軋地響着有兩三片銹鐵墮下在地上。

「在這裏你瞧」

那口井發着一種夜間的樹木和深水的辛辣的氣味那裏有一種脫落而下墜的石井的「格魯」聲那不敢走上前去的牧師彎着身子臀部向後退着我們可以聽到他的足套在他的鞋子裏痙攣着

「就是這個你瞧」

他顯着一種抱歉的神氣。

「你們既然有兩個人……」他說。

那胖子於是望了望他的伴侶。他站在那裏老是在他的大外套裏搖擺着我們看不

見他的臉兒祇看見一雙眼睛；一雙老是疑視着敎士的黑色的法衣的青色的冷漠的眼

睛；但是那雙眼睛卻是橫看着是向遠處看着的，靈魂是十分地悲哀。

他顫慄着苦苦地一大口一大口地嚥下他的涎沫。

「好敎士先生」那胖子說「這可以弄得好祇有我一個人但這可以弄得好」瑪

爾特在走廊上現身出來了。

「敎士先生音樂課的時間快到了。」

正在這個時候有人在打門，他去開門那是一個穿着一身美麗的羊毛外套的金髮

的孩子。

「上樓去雷奈少爺」敎士說，「我就上來了。」

他回到那兩個人身邊去

「牆或許有點不大牢了」他說。

「你到那邊去吧，老哥」那胖子說。

在院子的盡頭，有一扇門。人們聽見門後面有兔子跑着叫着。

「你到那邊去坐下來，你不冷嗎不太冷嗎？」

接着他便在他旁邊坐下來，開始解掉他的鞋帶。

「我還是赤腳好可以用趾爪攀住……」

接着他解開了他的大褲子的紐扣，脫下了褲子。

「這樣腿可以靈活一點而且這褲子又是很重的，把牠遮在你身上，這會使你煖和一些。」

井裏吐出來的氣在院子的冷空氣中冒着煙，

「如果我有什麼事我會喊的」他在跨過井圈的時候說。

他還用手攀着井圈，我們還可以看見他的頭向下面的暗黑處望着我們可以看出他正在摸索他的踏腳的地方。

— 13 —

「我看見洞了，老兄，行了。」

他便下去了。

人們聽到一片風琴的聲音一樓三個三個連在一起的向上昇的音調的弧線，那音調似乎一個蛇頭的擺動一直投射到天上去。

這是敎士先生頗熟練地奏出來的音樂接着在沉默了一會兒之後那便是由雷奈少爺的拙劣的手所重奏的了。

陽光暗淡了下去

在二層樓的木製的走廊上有一排仙人掌的花盆和一個種着一叢紫羅蘭的花盆。

那人望着花夜像泉水一樣地流到院子裏來不久花已看不見了，夜一直昇到三層樓上去。

那人站了起來。他走到井邊去用手摸索着井口。他彎身下去在下邊，似乎可以聽到一種刮東西的聲音。

「噲」他喊着。

「噲」另一個人在下面回答。

這回答過了一會兒纔昇了上來好像被悶住了似的。

「攀住了呀」那人說。

「是」那聲音回答接着這聲音又問：「你呢，你在上面好嗎？」

正在瑪爾特手裏拿着一盞燈開了門在走廊上現身出來的時候，那人又囘到老地方坐了下來。

「這樣你看見了嗎，需奈少爺？」

「把門帶上了。」

那金髮的孩子帶上了門。瑪爾特望着院子。

「我想他們大概已經走了，」她說。

那胖子在黑暗中走着我們可以聽見他的泥濘的腳在冷冷的石板上發着響聲。

「你在那裏嗎？」他問。

「在這裏」

「把我的褲子遞給我。我已經弄好了。」

「天氣好冷」他穿上了褲子的時候又說。

除了在二層樓上傳下來的油煎物的爆炸聲以外屋子裏是完全靜悄悄的。

他喊着：

「敎士先生。」

油煎聲掩住了他的聲音他喊着：

「敎士先生」

「什麼？」瑪爾特問。

「修好了。」那人說。

「什麼？」瑪爾特又問。

「抽水唧筒。」

「啊！好，我來瞧。」

她走到廚房裏去抽了一下水，水流了出來敎士先生在油煎聲中的火爐邊看書。

「水流了。」她說。

他幾乎連眼睛也不擡一擡起來。

「好去付錢給他們」

「給他們多少錢總之這是很快就修好了的。」

「……把門關緊了……」

但是她卻跟在他們後面看他們走了出去然後把門關緊了，加上了門閂。

一陣又急又冷的雨落了下來。

在街燈之下，那人攤開他的手來。那是十個銅子兒青色的眼睛望着這幾個銅子和那隻滿是擦傷和泥污的手。

「我把你弄累了」他說「我這個生病的人，我像一根鏈條似地拖累着你你累了，別管我了吧。」

「不」那胖子說「來吧。」

若望‧季奧諾（Jean Giono）生於一八九五年，是法國現代文壇中的民衆小說家之一。他的父親是一個皮鞋匠，他從小就生活在民衆中他是從民衆間生長起來的，不像那些以民衆主義標榜而實際上卻一點不了解民衆生活的人們一樣他是法國民衆文學的眞正的代表者。

他的小說的題材大都是從民衆生活中來的因為他是法國南部的人，所以他的小說尤以描寫法國南部的鄉土生活爲多使他成名的，是他的三部曲山（Colline）波紐涅之一（Un de Baumugnes）和藥草

—— 18 ——

他的作風是十分地新鮮，他的想像和聲喻都是他所獨有的，他有時使用着粗俗的話，但還不但不損壞了他文字的美麗，卻反而使牠添了一重愛嬌。他的整個作品都是充滿了極深切的詩情的，把深切的詩情和粗俗的民衆生活聯在一起，而使人感到一種難以言傳的美麗，這便是季奧諾的偉大之處。

《憐憫的寂寞》(La Solitude de la Pitié) 是從同名的小説集中譯出。我們可以從這一篇短短的作品裏看出他的作風的一斑。

(Regain)。

— 19 —

人肉嗜食

　一九××年六月××日——我底生活的記錄美麗的章回，出色的驛站聖路易達喀爾開爾柯納克里吉爾格萊格萊摩薩法哈爾斯阿拉！……我應該繼續下去嗎？記出高龍伯林這一章來嗎？那一定會太平淡的，經過了三年的非洲中部，高龍伯底平原真是太平淡了！

　今天早晨我熱度不高。我的舊傷使我走起路來一蹺一拐不幸中了一枝標槍。終於收到了提提裝飾得很華麗地我和一個愁眉不展的老軍曹便是遠征所殘餘的一切。人們給了我大綬但是人們什麼也沒有給我的猴子，這是不公正的。

一九××年六月××日——我以爲自己裹着船上穿的大氅躺在沙上可是實際上我是在我的少年八的床上在送第一班信的時候媽媽來喚醒我，我正如我這是一個玩童的時代一樣。我沒有弄清楚我還在做夢。「警備警備！……武裝起來！……保爾起來……是進學校的時候了……陸地！陸地！……德里賽爾中尉我把大綬的勳位授與你」不是，媽媽在對我說話。

「保爾！一個好消息，亞力山德琳姨母寫信來了。」

「亞力山德琳姨母嗎？」

「她要你去我的小保爾我相信我眞是想不到的事！保爾你要去可不是嗎？你要穿着你的軍服法……而且還佩着你的十字勳章眞是想不到的事」

不敢說：「眞是一個好機會！」我的好媽媽

亞力山德琳姨母是我母親的姊姊是一個很老的婦人她的丈夫是一個六百萬家

財的廠主現在已經去世了她沒有兒女住得遠遠地不與別人來往，一直到現在我已經二十七歲了我還從來沒有看見過這常常在我童年的惡夢中出現的可怕的姨母她實在是一個在我吵鬧時別人用來嚇我的東西。「如果你不乖我要去叫亞力山德琳姨母來了」人們很可以去叫她但她是不會來的。

這鬼怪的亞力山德琳姨母這樣地又點起了一切希望底燈我們是那麼地窮！我有我的餉金不錯，而我的母親又有她的軍醫的寡婦的有限的恩俸我是那麼地懂得母親底直率的貪財的懇求。

「保爾答應我寫回信給你的姨母吧。」

亞力山德琳姨母會怎樣說呢說我是一個英雄一個國家的光榮說在家族之中這是難得的說她很想見見一個這一樣的德里賽爾家的人。

「她一向是目中無人的，我的小保爾，然而這一封信却表示她看得起你。」

我答應去這是不用說了媽媽心裏會高興的，再則我也很想見見這個怪物。

「她有多少財產?」

「六百萬光景。」

嘿!

一九××年七月××日——我見過福當該底婦人們,那些用一個塗油的頭髮的長角裝飾着她們的前額和鼻子的二十歲的老婦人;我看見過那臉兒用刀割過戴着羽毛冠翹得高高大肚子緊裹在一種類似軍需副官的制服中的倍尼國王我見過那些頭髮像蔴繩一樣把人造的痘斑刻在自己的皮膚上的賽萊爾斯的婦人;我看見過比自己的神聖的猴子更醜惡的旁巴斯人但是我却沒有看見過亞力山德琳姨母。

她是沒有年齡的。在走進客廳的時候,我看見了一個由舊錦緞稀少而破碎的花邊,和在頓肉上飄着的喪紗等所包成的圓柱形的大包裏。在腰帶上掛着一把散脫的扇子,一些鑰匙,一把剪刀,一根打狗鞭子一個鏤金的手眼鏡一個袋子甚至還掛着一本滿是數字的厚厚的雜記簿從這高高低低的一大堆東西之間昇起了一片灰和醋的雞塒的香味來特別的標記：這個黑衣的婦人穿着一雙紅色的拖鞋。

從一張小小的臉上人們祇能辨出兩隻又圓又凝滯的眼睛，一個算是鼻子的桃色的肉球和在下面的兩撇漂亮的黑髭鬚。

亞力山德琳姨母真慇懃地款待我把手眼鏡擱在眼睛上這個可怕的人檢閱起來了。

「走近來一點」她發着命令。

她把我的十字勳章握在她的又肥又紅的手裏起了一種孩子氣的快樂。

「勇敢的人們的寶星！」我的姨母對我說：「這很好保爾坐吧！」

「我母親……」我說。

「我們來談談你的旅行吧我很喜歡海軍軍人的我想起來了！……」

亞力山德琳姨母按了一下鈴一個女僕應了她的使喚端着一個大盤子進來了。大

盤子上是一個威尼市的酒杯和一瓶糖酒。

「這是道地的墨彼爾的糖酒，是給你喝的喝吧，所有海軍裏的人都喝這種酒喝呀，保爾。」

下了一個要出力騙我的姨母的決心，我便滿滿地斟了一杯糖酒，一口氣喝了下去，臉上一點也不露出難喝的樣子。

這種無意義的豪飲使那老瘋子高興異常。

她一邊拍手一邊喊：

「好好我的小保爾，你是一個真正的海軍軍人。那麼你打過仗嗎？你週遊全世界還不夠嗎我在報上看你的經歷。非洲中部那一定是一個火炕了！對我說說那些野蠻人吧；是一些可怕的人嗎？」

「天呀我的姨母，別人吹得太大了；至多不過是一些大孩子罷了。」

「嘿嘿為了一個『是』一個『否』就會砍了你們的頭的大孩子。如果把我們的這些骯髒的百姓也用這種辦法來處置壞蛋便會少下去了。我想你是不以政府為然的，

— 26 —

是嗎真的，一個兵士是什麼話也不應該說的。在那邊，你有許多妻妾，你過着總督的生活，是嗎啊！這小保羅在你出世的時候，你的體重是很輕很輕的，別人們還以為你活不到三天。但你現在已是趕上了你殺了多少野蠻人呢？

「可是我的姨母，很少……越少越好我的任務顯然是和亞鐵位的任務不同的。拓殖……」

「是的，是的，你們大家都是這樣地說。可是人們總講着在黑人間的白種人的故事。」

這並沒有什麼不好意思的你可曾做過大酋長的賓客？」

「當然囉！」

「那麼你喫過人了？」

「我……」

我的姨母已不復知道她的快樂的界限了；她大聲說着話拍着手，扭着她在紅色的拖鞋中的脚。

— 27 —

「他喫過了！他喫過人一個姓德里賽爾的喫過人！你真是好漢，我的小保爾，你真是好漢！我一响常你是一個像別人一樣的傻子好喫嗎？」

「什麼姨母」

「人呀。」

我想：「如果她真是瘋的而且發了病，那麼我祇要推倒了她的圈椅就完事了。」因為在這個時候什麼都是在我意中的，我想她已十分成熟實在可以關到瘋人院裏去了，所以我也就擺脫了一切理性的束縛儘順着她的心意說過去她快樂發了瘋一邊乾笑着一邊把糖酒都倒在威尼市的酒杯裏。

「人嗎那真鮮極了祇是要懂得燒法最好喫的一塊是……」

「說呀說呀！」

「最好喫的一塊是股肉。」

「噯，我還當是肩膀。」

「特別不要相信年紀愈輕肉愈嫩的那些話據老喫客的意見人祇從三十歲起纔可以喫我說明是白種人因為那些黑人卽使是女人也留着一點兒很難聞的酸臭味兒的。」

靜靜地伴着我姨母的喔喔的聲音我這樣可怖地信口胡說了一個鐘頭。

我的想像已有了充分的進步竟一點也不覺得疲倦了但是我却起着不快之感這一部份是對於我喫人肉的饒舌而起但大部份却還是為了那斷然不是瘋狂却是惡狠，愚蠢而厭世到虐人狂那種地步的老婦底高興而起的。

當我的滔滔的雄辯正要達到些蠻夷的詩人都未知的殘酷的程度女僕前來通報說我姨母的乾女兒德‧格拉蘭夫人來了。

我願意把這金髮美人的影像單留給我自己這個人們亦稱呼作佩玎的德‧格拉蘭夫人年紀有二十二歲她已和她的丈夫離了婚她的丈夫是一個乏味的賭徒我似乎頗得佩玎的青睞咳那可怕的亞力山德琳姨母又搬出她的那一套來了。

「佩玎我的好人，這位是我的內姪保爾，德里爾養海軍軍官當代的英雄啊！真是一位偉男子聽着他吧，我的孩子，他喫過人肉他喫過三年人肉！」

一九××年七月××日——我又看見了一次佩玎。我的初出茅蘆的心並不懷疑。我是戀愛着我以戀愛着爲幸福。我已向佩玎發誓說我沒有喫過人肉她很容易地相信了我。佩玎的笑聲是沒有更好的音樂了。她愛我嗎？

一九××年八月××日——保爾！一封給你的信。

今天晚上我是十六歲了。幸福把我弄傻了；我滿意着我的癡想；我雀躍我亂喝，我舞蹈，我也哭泣我睡不着我整夜把佩玎的信一遍地讀過去。

一九××年八月××日——佩玎的丈夫已把她的嫁貲浪費完了，她現在靠着征給她的一點兒贍養費度日屈辱人的佈施婆佩玎！我們那麼深切地相愛着哦搭救她解放她，無奈我是這樣地窮而我的母親雖然她並不是吝嗇的人但是她不得不一個小錢一個小錢地打算盤，在生病的時候，她連到維喬去養一季病都要躊躇的。這真很像是窮

— 30 —

困了。

如果我喫了我的姨母，那就多麼好啊！

一九××年九月××日——當我去探望我的姨母亞力山德琳去的時候，我有把握地演着我的脚色。在喫人肉的大場面中沒有一個演員比我演得更好。我是客廳中的完善的喫人人種，我甚至說得過份一點我相信我的可敬的姨母開始認識恐怖了。是邪惡的快樂使她苦痛否則便是她已變成完全瘋狂了，現在我能夠使她臉兒發青了，人們是可以加倍恐怖的份量而得到好成效的。

一九××年十一月××日——亞力山德琳姨母的樣子是可怕的，臉色潔白地躺在她的桃花心木的床上。房間裏散發樟腦的臭氣。

我的姨母使勁地活動着她的嘴唇對我說：

「保爾再講一個故事……那邊的。」

一九××年一月××日——叫我在大路易中學的舊同學雕刻家比列給我的姨

— 31 —

母定製一個紀念碑向總長辭了我的職。

開洛，一九××年三月××日——尼羅河水剛在佩玎可愛的脚邊的沙灘上靜止了。祇有我們倆在那兒幸福緘默彎身在佩玎所束起來的薔薇花束上，我所聞到的還是我的戀人的香味。

一個把土耳其帽子直壓到眼梢的半裸的小黑人哀求着要我們買一串用埃及錢串的項圈。

佩玎的目光固執地激起了我的慈悲心。

然而佩玎却不知道……當然這是我很應該給這小黑人的。我把我袋子裏所有的錢都輕輕地放到了那隻黑色的手裏去那裏有銀錢而且運氣真好還有金錢。

那黑人驚呆了，不敢伸手來他乾笑着，吻我的大氅的一角，便飛奔着向那在這遠處人們可以辨出有許多回教寺院俯瞰着各大厦的圓頂閣的開洛底郊外而去了。

昂德萊育沙爾蒙（Andre Salmon）和阿保里奈爾（Apollineire）約可伯（Max Jacob）等一起，是

法國立體主義文學的首創者。他於一八八一年生於巴黎父親愛美爾·沙爾蒙（Emile Salmon）是一位

觸離家。在年齡的時候，他跟著家旅行過許多地方後來他獨自到俄國去在那邊法國公使館的祕書科賽當學

習科員。在一九〇三年他同到法國來開始在幾個雜誌上寫詩和小說在那個時期他結交了阿保里奈爾約里

（Alfred Jarry），約可伯等他和他們一起住到蒙馬特爾（Montmartre）去認識了畫家比加梭（Picasso）

關稅員盧梭（Le Douanier Rousseau）瑪麗·蘿朗山（Marie Laurencin）德蘭（Andre Derain）和

文人加爾沙（Francis Carco）馬高爾朗（Mac-Orlan）等。

沙爾蒙的散文是熱烈同時又冷酷的遭就是他的迷人之處他把人生寫成那些在太陽中飛舞着的苗

條的影子他所用的又溫柔又赤裸的字眼都得了一種新的價值沙爾蒙常常回想起俄羅斯的白雪和她的居

民，蒙特爾的煙雲和蒙馬特爾的寓客，而把他們當作他所愛好的顏材。

他也是一立愛好繪畫而深深地了解牠的藝術批評家。

— 33 —

尼卡德之死

蘇·波·

一

上午四點鐘。

尼卡德睡着可是在他的睡眠中，他還豎起了耳朵在聽。

電話的鈴聲祇使他醒了一半他等待着他的助手泊齊的聲音。

「哈囉，尼克嗎？」

「三百六十七號是我。」

「我看見了沒有什麼大結果……」

「講吧！」

「那所屋子像一個蚌殼似地閉着那是要使盡喫奶的力氣推纔能進去用肩撞一撞是不夠的。在前廳中有十四張桌子按照着高低並排着在第一張桌子上放着一個橙子和一把刀在第二張上一把綠毛的雞毛箒第三張上兩個貝殼第四張上一個西班牙的新銅元第五張上一塊兩色的手帕（青色和黃色）第六張上一把剪刀第八張上什麼也沒有第九張上一盞煤油燈第十張上一朵白色的石竹花第十一張上一朵薔薇和一塊燒糖第十二張上一隻盛滿了葡萄酒的酒杯第十三張上一隻象牙雕的象最後的一張上一張波斯王陛下的摺角的名片。在這張大桌子的脚邊（十米突長九米突寬）是一個鈴。

「虛掩着的門通到客廳去壁爐裏有火，在一張圈椅上有一雙手套在一件荷蘭式

的大傢具前面一根碧玉的手杖客廳好像是空空洞洞的。在這間大屋裏裡有一圈

椅一個已經斑駁了的木櫃和一張三隻腿的小圓桌在牆上掛着一張十八世紀的畫上

面題着這幾個德文字：『Wilhelmine, prinzessin von Preu en, spatere markgrafin

von Bayreuth』一隻眼睛已經戮穿了在那幅畫對面的牆上有一張鼓吹一種美顏品

的效力的粉紅色的廣告一個插着七枝點得高低不一樣的蠟燭的燭台是安放在壁爐

架上在上面是一面大鏡子鏡子上用粉筆劃着這幾個字：『巴特先生七點半來看。』門

的左邊的那間屋子是一間浴室右邊的一間也是浴室可是大得多在這寬敞的房間中。

我們可以在中央看到一架大鋼琴，爲要走到樓梯間去我不得不推開了一張皮面的大

圈椅樓梯表面上看去是不考究的，可是牠卻有個特點，那就是坡級是照着彩虹的顏色

髹漆的。第一級是深紅色的，第二級是朱紅色的，如此類推在樓梯頂上有一個灑水的壺。

我看出了三扇白漆的門門上有着不同的號碼：十八號，三百二十二號，四號在第十八號

房間中有一個年輕的女人躺在一張富麗的大床上她睡着右手拿着一朵花左手拿着